Thomas Boutillier

Rapport sur les travaux de colonisation de 1857

Anatiposi

Thomas Boutillier

Rapport sur les travaux de colonisation de 1857

Réimpression inchangée de l'édition originale de 1859.

1ère édition 2023 | ISBN: 978-3-38273-218-9

Anatiposi Verlag est une marque de Outlook Verlagsgesellschaft mbH.

Verlag (Éditeur): Outlook Verlag GmbH, Zeilweg 44, 60439 Frankfurt, Deutschland
Vertretungsberechtigt (Représentant autorisé): E. Roepke, Zeilweg 44, 60439 Frankfurt, Deutschland
Druck (Imprimerie): Books on Demand GmbH, In de Tarpen 42, 22848 Norderstedt, Deutschland

RAPPORT

SUR LES

TRAVAUX DE COLONISATION

DE 1857,

ADRESSÉ À

L'HON. L. V. SICOTTE,

Commissaire des Terres de la Couronne,

PAR

T. BOUTILLIER,

Inspecteur des Agences.

Imprimé par ordre de l'Assemblée Législative.

TORONTO:
IMPRIMÉ PAR JOHN LOVELL, COIN DES RUES YONGE ET MELINDA.
1859.

RAPPORT

TRAVAUX DE COLONISATION DE 1857.

BUREAU DE L'INSPECTEUR DES AGENCES,
St. Hyacinthe, 10 mars 1857.

MONSIEUR,—J'ai l'honneur de vous transmettre ci-joint le rapport des opérations de ce bureau durant l'année 1857.

Afin d'obtenir des rapports plus exacts et plus satisfaisants sur la localisation, la condition, etc., de chacun des chemins qui ont été commencés ou complétés aux dépens du fonds de colonisation, et aussi dans la vue de recueillir des renseignements sur la nature du sol, du bois, etc., etc., que traversent les chemins, avec ensemble la température dans les différentes sections du Bas-Canada, j'ai adressé une série de questions, qui se rattachent à ces matières, à chaque surintendant des travaux, et je suis heureux de dire que le plus grand nombre d'entre eux ont déployé beaucoup de zèle et d'intelligence en se rendant gracieusement à ma requisition et m'ont fourni des renseignements bien utiles.

Les faits qu'ils m'ont communiqués comme le résultat de leurs observations, sur, entre autres sujets, la cécydomie ou mouche à blé, sur le climat de leurs différentes localités, ne peuvent manquer d'être très utiles pour la colonisation et la science même.

Quoique je n'aie pu encore, par l'étude de ces renseignements, parvenir à des conclusions suffisamment établies pour les énoncer ici, je crois cependant qu'il peut être de quelque avantage de mentionner qu'ils tendent à constater deux faits importants, savoir :

1o. Que dans les lieux défrichés au milieu de la forêt à distance (qui n'est pas encore déterminé), des lieux anciennement cultivés et où la cécydomie existe dans les blés, cet insecte n'apparait qu'après la troisième année qui suit le défrichement.

2o. Que telle est la douceur du climat du Haut Saguenay, situé au-delà du 48ème degré de latitude nord, que la ligne isotherme qui la traverse ne parait pas être la même que celle que s'étend par Québec, Trois-Rivières et Montréal, etc.

Je n'ai pas besoin de faire remarquer que sous le point de vue de colonisation, il est de la plus haute importance d'établir la direction de cette ligne isotherme ainsi que la largeur de la zône correspondante.

Au soutien de la douce température du Haut Saguenay, je prends la liberté de vous référer à l'article de ce rapport, intitulé : " Chemin de Kinogami." Vous y remarquerez que c'est le 20 octobre dernier que, suivant le rapport de M. Gaudin, la première gelée y est survenue, tandis que dans la partie inférieure, à Chicoutimi, c'est, suivant M. Price, M. P. P., vers la fin d'août, qu'elle s'est faite sentir. C'est aussi vers cette dernière date et dans le mois de septembre suivant qu'elle s'est montrée en plusieurs autres sections du Bas-Canada en 1857.

Vous verrez aussi dans cet article, que le climat et le sol sont tellement favorables à l'agriculture que, à Hébertville, le blé a produit 30 minots pour 1, et sur les bords du lac St. Jean 40 pour 1.

Ce qui doit nous surprendre aujourd'hui, nous qui connaissons à peine le Haut Saguenay, c'est qu'il y a près de deux siècles les jésuites l'avait exploré et reconnu comme favorable à la culture.

On voit encore aujourd'hui, à **Métabetshuan,** sur le lac St. Jean, des traces de la culture que quelques uns des révérends pères de cet ordre y ont pratiquée.

Les sommes payées par ce bureau entre le 1er janvier et le 31 décembre 1857, pour travaux de colonisation, s'élèvent à $58,041 37 centimes, £14,510 6s. 10d.

La dernière saison ayant été plus favorable que celle de 1856, il a été possible de faire une plus grande étendue de chemin l'an dernier que dans le précédent.

Le total des sommes payées, tel qu'il parait dans mon compte du 1er janvier au 31 décembre 1857, n'est pas le total de ce qui était dû, pour travaux faits dans le cours de 1857. Depuis le 31 décembre de cette dernière année, j'ai payé $1215 75cts., (£303 18s. 9d.,) pour travaux faits en 1857.

Il a été ouvert ou complété en 1857, 276 milles et 5 arpents de chemin, dont 196 milles et 12½ arpents sont propres au roulage, et 79 milles et 20½ arpents, aux voitures d'hiver seulement.

Il a été construit dans cette même année de 1857, un nombre de ponts, dont l'ensemble donne une longueur de 10,905 pieds en pavés. Au-dessus de 14 milles de pontages dans les bas-fonds ont aussi été construits en 1857.

Le coût de ces chemins a été, terme moyen, de $192 par mille, comprenant tous les ponts, ceux de Grenville et de St. Casimir exceptés, pour la construction desquels il a été payé, en 1857, $5,592 41 (£1,398 2 0½.)

Ces chiffres sont un résumé aussi exact qu'il a été possible de le faire d'après les documents qui ont été transmis par les conducteurs ; mais il est plus que probable que l'étendue de ponts et de pontages qui ont été construits en 1857, est quelque peu plus considérable qu'elle n'est mentionnée ici.

Depuis 1854 à 1857, inclusivement, il a été ouvert ou parachevé 1,032 milles et 19 arpents de chemins.

Quoiqu'il soit impossible, à moins de faire un recensement, de préciser les progrès de la colonisation depuis quatre ans, cependant les personnes qui ont des relations avec les townships, au nord et au sud du St. Laurent, s'accordent à dire qu'ils sont rapides et croissants.

Le nombre de colons jouissants de moyens pécuniaires suffisants pour former des établissements propres à maintenir leurs familles dans l'aisance et qui se rendent dans les townships pour y résider, continue à augmenter tous les ans.

Ce n'est plus aujourd'hui un évènement rare, de voir des propriétaires aisés des anciennes paroisses, vendre leurs terres pour aller dans les townships faire des établissements et y résider.

On a vu dernièrement des cultivateurs aisés vendre leurs anciennes propriétés, dans quelques unes des belles paroisses du district de Montréal, pour acheter des terres dans les townships. Un, entre autres, a payé £650 un lopin de terre, dans les townships, sur lequel il devra récolter plus de grain et de foin que sur sa terre vendue et sur lequel il aura d'immenses pâturages et du bois de toute espèce pour son besoin. Il n'y a que quelques années, de semblables faits étaient inouïs. Maintenant que la colonisation se popularise, que la classe aisée et intelligente de nos cultivateurs la regarde non seulement comme une œuvre éminemment nationale, mais encore comme une occasion facile et honorable de doubler et tripler la fortune qu'ils devront laisser à leurs enfants, c'est le temps le plus propre pour le gouvernement de multiplier tous ses moyens d'encouragement.

Avec les moyens limités qui ont été mis à la disposition du département et le nombre considérable de différentes routes dont il a fallu commencer l'ouverture, il est très évident qu'il était impossible d'étendre tous ces chemins bien avant dans les forêts, mais il n'en est pas moins vrai, non plus, que ces différents chemins ouverts en autant de sections différentes du pays, ont eu l'effet de porter l'attention d'un plus grand nombre de nos cultivateurs sur la facilité et les profits de la colonisation qui s'opérait à quelques milles seulement du lieu de leur résidence.

Cependant ce n'est pas seulement à de petites distances de leurs demeures que les Canadiens-français entreprennent de faire de nouveaux établissements.

Pour se faire une idée juste de leur énergie et de leur penchant à coloniser, il faut ou les savoir, ou les avoir vus dans le haut de la rivière Ste. Anne, comté de Portneuf, dans d'étroites vallées, au milieu de hautes montagnes ; dans Beresford au nord-ouest de Montréal ; et surtout dans le Haut Saguenay, à des distances si considérables de leurs paroisses natales et si complètement isolés, par le défaut de voies de communications Oui, c'est bien dans de semblables positions, sous de pareilles circonstances, que l'énergie, la vigueur, que les facultés morales et physiques d'un peuple, peuvent être mises à l'épreuve, et lorsqu'on a été témoin du courage, de la gaieté, du travail et du succès des Canadiens-français, dans ces forêts reculées, on ne peut se défendre de croire qu'une des spécialités de leur race, c'est la colonisation. Lorsque l'on voit encore avec quel empressement les colons dans les townships de l'Est envahissent les bons terrains qui bordent les chemins que fait ouvrir le gouvernement : on est de suite convaincu que ce ne sont pas les colons qui manquent à la colonisation.

Il importe beaucoup, so s d'aussi favorables circonstances, non seulement de profiter de cette disposition à coloniser, déjà si prononcée chez nos cultivateurs, mais encore de l'activer, de la multiplier, par tout l'encouragement dont le gouvernement peut disposer. En fait de colonisation et d'agriculture, il n'y a pas de sacrifice ; tout mouvement judicieux est un gain.

Il y a beaucoup de moyens secondaires très propres à promouvoir la colonisation ; mais le premier, l'essentiel, on l'a dit mille fois, ce sont des chemins, de bons chemins et des chemins bien entretenus.

L'an dernier, il était demandé, tant pour achever les chemins commencés que pour en ouvrir de nouveaux, une somme de £42,921—$171,684 00, et quoiqu'il ait été dépensé, cette dernière année, en travaux de colonisation, £14,510—$58,040, les nouvelles demandes devront élever de beaucoup encore le chiffre de la première somme.

Une somme de $200,000 (deux cents mille piastres) serait donc à peu près celle qui serait nécessaire pour rencontrer les besoins les plus urgents ainsi qu'un certain nombre de demandes faites par des personnes grandement intéressées dans la colonisation.

L'intention du gouvernement étant de rendre accessibles en tout temps les terrains propres à la colonisation, il ne suffit pas, pour parvenir à cette fin, d'avoir ouvert de bons chemins ; il faut encore pourvoir à leur entretien.

L'entretien de certaines routes dans plusieurs localités où le nombre de colons est encore peu considérable, serait certainement trop onéreux s'il était laissé entièrement à leur charge et sans aide ; mais il existe de grandes étendues de chemins, maintenant ouverts depuis plusieurs années, dans des localités où la population est assez considérable pour les réparer, et à l'entretien desquels il n'a nullement été pourvu.

Dans les townships de l'est, par exemple, où il a été fait, par le gouvernement, plusieurs grands chemins très importants, et dans des sections où des municipalités ont été organisées, ces chemins sont restés dans un complet abandon.

L'expérience a pleinement démontré que les corporations municipales sont, dans bien des cas, ou opposées à l'exécution des lois de voieries, ou incompétentes pour les faire fonctionner.

Il est maintenant devenu d'une nécessité impérieuse, pour ne pas perdre le fruit des travaux antérieurs, de pourvoir, par des moyens tout aussi efficaces que prompts, à ce que les chemins qui ont été ouverts soient réparés.

A défaut de l'action des municipalités qu'on ne peut faire mouvoir, ou qui ne se meuvent qu'avec une lenteur que les besoins des colons et la briéveté des saisons rendent intolérable, il faut, je n'hésite pas, après des années de réflections, à le suggérer, il faut un autre système de voierie, susceptible d'une exécution facile, prompte et efficace. Ce n'est pas que je veuille blâmer l'application généra!e du système municipal ; au contraire, dans bien des cas, dans les anciens établissements, où les populations sont riches, éclairées et denses, et où conséquemment l'action municipale n'a pas à s'étendre au loin, il est un bienfait et doit y être conservé. Mais dans les nouveaux établissements où ces conditions sont plus rares et disséminées sur une vaste étendue, le gouvernement municipal fonctionne mal ou ne fonctionne pas.

Dans l'espoir que cette suggestion, de créer un autre pouvoir pour subvenir aux besoins de la voierie dans les townships, sera prise en considération, je prends la liberté de vous soumettre les *rudiments d'un projet de bill* que je présentai en juillet 1851, au comité nommé par la chambre, pour s'enquérir des causes qui retardent la colonisation dans les townships de l'est, et dont T. Fortier, écr., était le président.

Ce projet de bill avec quelques légères modifications, rendues nécessaires par les changements survenus dans les lois municipales, ainsi que quelques réflections préliminaires, sont ajoutées comme appendice, à la fin de ce rapport.

Il existe encore un autre obstacle au progrès de la colonisation ; c'est le *squatterisme* ou la prise de possession par des colons sans titres. Ce mal a, dans les townships de l'est, une extension dont on est loin de se douter, et s'il n'y est appliqué un prompt remède, il est impossible de prévoir le nombre de malheureux qu'il aura fait dans quelques années.

Jusqu'ici, tous les moyens qui ont été invoqués pour trancher les difficultés qui surgissent des différentes prétentions des *squatters* et des propriétaires, n'ont pu rencontrer l'assentiment des diverses branches de la législature. Cependant, quelque soit le mode de terminer ces sérieuses difficultés, il est de la plus urgente nécessité qu'elles le soient promptement. Le retard ne fera qu'augmenter le mal.

D'un côté, les parties réclament des droits à une propriété abandonnée, de l'autre, elles comptent sur des sympathies pour avoir contribué au bien public, tout en croyant faire le leur, en améliorant cette propriété. Si le propriétaire eut été, dans tous les cas, exact à remplir les devoirs que cette propriété lui imposait, envers ses voisins et la société en général, en répondant aux travaux publics et mitoyens, en payant régulièrement ses taxes pour l'éducation, etc., etc., et en remplissant ses autres obligations, il semblerait que ce propriétaire aurait droit à prétendre que les lois protégeassent sa propriété, mais, de l'autre côté, la faute du propriétaire doit-elle justifier la prise de possession du *squatter*, qui, le plus souvent, ne s'est même point enquis du nom du propriétaire du terrain dont il s'est emparé, et qui bien probablement ne se proposait d'en jouir qu'autant qu'il en retirait l'avantage qui lui convenait ? Non, sans doute. Le propriétaire et le *squatter*, ainsi placés tous deux, leurs positions ne diffèrent pas. L'un et l'autre ont leurs torts, et ne souffrent aujourd'hui ou ne souffriront que parce qu'ils l'ont voulu. Dans un cas aussi tranché, il semble qu'en allouant le fonds à l'un et les améliorations à l'autre, tous deux doivent se croire heureux de n'avoir pas tout perdu à la suite de leurs procédés respectifs et peu consciencieux. Le seul embarras qu'offre un cas semblable, c'est l'évaluation du fonds, qui, au temps de la prise de possession, valait peu, et dont la valeur aujourd'hui aurait considérablement augmenté, s'il eut été même laissé en bois debout. Cependant, il serait possible de trouver un terme moyen pour rendre justice aux parties.

Mais tous les cas de difficultés entre propriétaire et *squatter* ne sont pas les mêmes. Il est des cas où la propriété appartient à une veuve ou à des mineurs qui n'ont pu gérer ces biens et dont les droits sont protégés par les lois mêmes. Et par contre, il est d'autres cas où le *squatter* est de bonne foi, où il a cru que ces propriétés étaient abandonnées pour toujours, où il a pu croire qu'il était placé sur des terrains de la couronne, et où encore, sachant que les concessionnaires primitifs étaient sujets à des obligations onéreuses, imposées par la couronne et qui n'avaient jamais été remplies, il pouvaient croire que les concessionnaires avaient perdu leurs droits à ces propriétés et que l'occupant aurait un *droit de préemption*. En outre tout ce qui a été dit et écrit sur les droits des *squatters*, depuis plusieurs années, a pu en induire un grand nombre d'entr'eux à croire que les titres des concessionnaires était fort douteux, sinon nuls. Ces difficultés ne sont pas les seules existantes, il devra s'en rencontrer beaucoup d'autres. Et plus elles seront multipliées, plus il sera difficile de faire une loi qui les résolve toutes.

Dans cette perplexité, j'ose suggérer d'ériger une cour spéciale dont les pouvoirs, dans tous les cas de contestation entre le *squatter* et le propriétaire, seraient ceux d'amiables compositeurs ; d'une cour d'équité, devant laquelle tout *squatter* ou propriétaire, dans un temps donné, serait tenu de faire toute diligence pour appeler sa partie adverse, sous peine de perdre ses droits et de voir la propriété en litige réunie au domaine public.

Les conditions d'établissement (*settling duties*) ont été depuis assez longtemps le sujet de beaucoup de réflections, cependant elles n'ont pas encore été changées. Elles sont très onéreuses pour la plupart des colons et sont, je pense, un obstacle à la colonisation.

J'ai déjà eu l'honneur d'exposer mes vues sur ce sujet à l'un de vos prédécesseurs, l'honorable Joseph Cauchon, dans une lettre du 21 mars 1856, à laquelle je prends la liberté de vous référer. (Voir copie de cette lettre à la fin de ce rapport.)

Quant à la réserve des bois de construction, comme pin, épinette, etc., elle est généralement réprouvée par les colons.

Elle n'est faite que dans l'intention de vendre ces bois à des spéculateurs, et l'on peut dire que dans le plus grand nombre des localités où la colonisation a pu s'étendre, ces bois sont actuellement vendus ou exploités. De sorte que le colon n'a pas même le privilége de pouvoir en mettre lui-même en réserve pour ses besoins futurs.

S'il eût été question de détruire ces bois sous le plus court délai possible, le mode actuel de concéder les terres à un individu et de vendre les bois à un a tre était bien le plus efficace que l'on eût pu inventer ; le concessionnaire du terrain et l'acquéreur de la réserve devant tout naturellement s'empresser, à l'envi l'un de l'autre, d'enlever ces bois.

A peu près tous les conducteurs s'accordent à dire que les bois de construction ont été exploités dans les environs des chemins qu'ils ont ouverts. Il conviendrait donc que les spéculations qui se font de ces précieux articles fussent supprimées sans délai dans les lieux où ils sont devenus rares, et qu'en d'autres lieux la consommation en fut réglée avec économie et prévoyance.

Après l'ouverture de grands chemins et de chemins latéraux, conduisant aux terrains les plus propres à former de nouveaux établissements, il est encore d'autres moyens de favoriser la colonisation. On a remarqué avec satisfaction que depuis quelque temps la presse française et anglaise a pris un intérêt plus qu'ordinaire dans les progrès de la colonisation, et c'est avec non moins de plaisir que l'on voit aussi que plusieurs amis de leur pays contribuent à aider cette belle œuvre.

Parmi ceux qui vouent leurs études et leurs talents aux progrès de la colonisation, M. Stanislas Drapeau, de Québec, s'est fait remarquer par un pamphlet qu'il a publié et dans lequel abondent des suggestions qui font honneur au jugement et au zèle de son auteur.

M. Drapeau n'est pas seulement théoriste, il est un homme pratique. Il est aujourd'hui à la tête d'une colonie dans Ashburton, dans le comté de Montmagny. Il a éprouvé les misères et les fatigues du *pionnier* dans la forêt. Il connait l'encouragement et l'assistance dont les colons ont besoin pour ouvrir leurs grandes routes. Il s'est convaincu que les autorités municipales sont incompétentes pour les leur donner, et ici il confirme une opinion déjà émise.

M. Drapeau, dont toutes les suggestions contenues dans son pamphlet méritent d'être lues, recommande, entre autres choses utiles, que le long des chemins ouverts par le gouvernement, des défrichements soient faits sur les terrains adjacents à raison de dix acres sur chaque lot de cent acres chacun ; que sur chacun de ces lots, une maison peu coûteuse soit construite, qu'une avance de £10 soit faite au colon la première année, pour l'aider à se procurer des grains de semence ; enfin que le colon, pour l'acquisition d'un lot de cent acres ainsi amélioré, et pour le prêt de £10, serait redevable au gouvernement d'une somme de £75 payable en dix paiements annuels. Le premier paiement ne serait que de £3 15s. et n'échéerait que le 1er janvier qui suivrait sa deuxième récolte ; les autres paiements devant subir une proportion progressive jusqu'au 7e, qui, comme les trois autres restant, serait de £10 4s. 4¼d.

On ne peut contester les avantages de ce projet, aucun autre ne pourrait être plus propre à former le noyau d'une colonie au milieu de grandes étendues de bon terrain, devenues accessibles par la confection d'un bon chemin.

Mais les terrains dans les townships à travers lesquels passeraient de longs chemins ne se prêteraient pas partout à ce système d'établissement.

Dans mon rapport sur les travaux de colonisation de 1854, j'ai cru devoir recommander un projet qui me parait facile, pour coloniser le beau et immense territoire du Saguenay. Ce projet consiste dans un emprunt de £40,000. Il est effectué par le moyen de débentures provinciales payables dans 15 ans et dont le trésor public serait remboursé par le prix de vente des terres dans ce territoire.

Le succès de cette opération est basé sur la valeur actuelle des terres et l'augmentation certaine de leur valeur, dans un temps plus que probablement très court.

Depuis que cette recommandation a été faite l'affluence des colons dans le Saguenay, sous des circonstances peu favorables, est bien de nature à prouver que toutes les chances sont en faveur de l'opération que j'ai pris la liberté de suggérer.

Ce mode de coloniser par un emprunt pourrait aussi s'appliquer facilement à toute autre section du pays. J'ai dû suggérer ce projet comme une ressource auxiliaire pour activer la colonisation, dans la crainte que les allocations futures ne fussent pas suffisantes pour répondre à tous les besoins de la colonisation.

Mais pour un plus ample développement de ce projet d'emprunt, je vous prie de me permettre de vous référer à la page 53, version française, de mon rapport du 25 février 1855.

J'ai l'honneur d'être, monsieur,
Votre très obéissant serviteur,

T. BOUTILLIER,
Inspecteur des agences.

COMTÉ DE CHICOUTIMI.

Chemin de Kinogami.

Conducteur, JEAN-BAPTISTE GAUDIN.

Balance de l'appropriation de 1856...................$1491 90
Montant approprié en 1857 .... 1600 00

                                                    $3091 90
Montant payé........................... ...... 3082 89

Balance restant ....$ 9 01

Ce chemin commence au Rapide des Roches et doit se terminer à Métabetchuan au Lac St. Jean, distance d'à peu près trente-huit à quarante milles.

A peu près 24 milles de ce chemin sont maintenant ouverts ; de ces 24 milles, 3 milles et 13 arpents l'ont été en 1857 et sont propres au roulage.

De cette dernière partie de 3 milles et 13 arpents, 3 milles et 6 arpents ont été parachevés dans le township Labarre et 7 arpents l'ont été dans Caron.

Du point de départ, savoir, le Rapide des Roches, jusqu'à la distance de dix milles, le chemin n'est pas achevé, mais tout le reste est praticable pour les voitures d'été.

Le coût de ce chemin a été, en 1857, de $428 par mille, sans y comprendre les ponts.

Deux grands ponts ont été construits en 1857 : un de 195 pieds et l'autre de 95 pieds de long, outre 66 autres de petites dimensions. Le pontage de tous ces ponts réunis est de 553 pieds ; le coût en a été de $567 12 centimes. Il en reste encore un à faire sur la Belle Rivière dont le coût n'excèdera pas la somme de $200, mais il ne doit pas être perdu de vue qu'il y a encore des ponts considérables, sur les rivières Chicoutimi, Des Sables et Kaskouïa. M. Gaudin croit que les frais de construction de ces ponts s'élèveront à pas moins de $10,000. Quoique ces ponts doivent être dispendieux, ils n'en doivent pas moins être construits si l'on veut donner à ce chemin une utilité réelle et complète.

Entre le point où les ouvrages ont été terminés et Métabetchuan, terme du chemin tel que projeté, distance d'à peu près 15 milles, le terrain est assez uni et, à l'exception de quelques endroits en savane, est très propre à la culture.

Toutes les terres de chaque côté de la ligne sont prises, et les colons attendent l'ouverture du chemin pour venir s'y placer. " A mesure," ajoute M. Gaudin, " que l'ouverture du chemin avance, les terres sont défrichées et ensemencées.

A environ 15 arpents du chemin (M. Gaudin a oublié de préciser exactement le local, mais je pense que c'est entre Hébertville et Métabetchuan,) il y a un pouvoir d'eau qui paraît être considérable sur lequel un moulin à scie est en voie de construction.

M. Gaudin pense qu'il faudrait une somme de $10,000, outre une pareille somme déjà mentionnée pour les ponts sur les rivières Chicoutimi, Des Sables et Kaskouïa, pour compléter le chemin jusqu'au Lac St. Jean.

Les renseignements suffisants manquent à M. Gaudin pour qu'il puisse donner un état correct des progrès de la colonisation dans le comté de Chicoutimi, mais il affirme que dans les townships que traverse le chemin, la population y augmente rapidement.

Dans les environs d'Hébertville, au-delà du lac Kinogami, dans le township Labarre, plus de trente nouveaux colons se sont établis dans le cours de l'an dernier, et beaucoup d'autres des comtés de l'Islet et de Kamouraska se proposent de s'y établir cette présente année.

Telle est la bonne opinion qu'ont les colons du sol et du climat du Sague-nay que, à six lieues au-delà de Métabetchuan, situé sur la rive du lac et au 48° 30' de latitude, plus de quarante familles s'y sont déjà fixées et attendent avec anxiété la complétion de voies de communications.

Deux nouveaux townships, dans cette partie du comté de Chicoutimi, ont été dernièrement arpentés et deux autres le seront probablement sous peu de temps.

Les grains cultivés dans les environs de Métabetchuan sont d'une meilleure qualité et produisent plus qu'en toute autre partie du comté ; le climat y est plus doux et plus favorable.

La cécydomie (mouche à blé) n'a fait aucun dommage dans ces nouveaux établissements.

Le blé à Hébertville, township Labarre, a produit trente pour un, et sur le bord du lac St. Jean, il a donné, terme moyen, quarante pour un. Les autres grains ont produit en même proportion. La récolte en général, dans le comté de Chicoutimi, sera plus que suffisante pour les besoins des colons.

La première gelée qui aurait pu être nuisible à la végétation des grains et des légumes n'est survenue dans la partie supérieure du comté de Chicoutimi dans l'automne de 1857, que le 20 octobre, et les récoltes étant terminées, elle n'a pu faire aucun dommage.

Les patates y sont venues en abondance et nullement attaquées de maladie.

Il y a maintenant un prêtre résidant à Hébertville.

La valeur de la propriété foncière située dans les townships habités, dans le comté de Chicoutimi, a presque doublé depuis 4 ou 5 ans.

Ce qui précède se rapporte à la partie supérieure du comté de Chicoutimi et est extrait d'un excellent rapport que m'a fait M. Gaudin, conducteur des travaux du chemin de Kinogami.

Quant à la partie inférieure du comté, je dois à l'obligeance de M. Price, M. P. P., qui en toutes occasions m'a été un auxiliaire des plus utiles, dans tout ce qui a rapport à la colonisation du Saguenay, etc., les renseignements intéressants et pratiques qui suivent :

Notes sur les récoltes à Chicoutimi, comté de Chicoutimi, par D. E. Price, écr., M. P. P.

" *Blé :*—a été semé en beaucoup plus grande quantité que l'an dernier, la " récolte en a été bonne, nullement attaquée de rouille ou de charbon, et très " légèrement attaqué par la cécydomie.

" *Blé seigle :*—semé en abondance, a produit beaucoup, la mouche à blé " a attaqué le grain de seigle légèrement comme celui du blé, en quelques endroits seulement.

" *Seigle :*—semé en grande quantité cette année et a produit une excellente " récolte."

" *Avoine :*—semé en trop petite quantité, mais elle a donné un produit abon-" dant et d'excellente qualité.

" *Orge :*—sur les terrains labourés, la récolte en a été bonne, aussi bien que " sur ceux qui ont été brûlés de bonne heure au printemps ; mais sur les terres " neuves ensemencées plus tard, la récolte en a été faible, en conséquence de la " sécheresse du mois de juin. En somme, la récolte n'en est pas abondante. " On a remarqué que la cécydomie (mouche à blé) en a attaqué le grain, comme " celui du blé et du seigle.

" *Patates :*—récolte très abondante, jamais elle n'a été meilleure, a produit " de 200 à 450 minots par arpent, aucunement affectée de maladie.

" *Navets :*—peu cultivés ici ; ce que j'en ai semé a été détruit par les mou-" ches (pucerons).

" *Foin :*—peu abondant, ayant été endommagé par les pluies de l'hiver der-" nier."

Notes sur le climat.

" Premiers grains semés. · Des pois ont été semés le 23 avril, et le 28 du
" même mois on a commencé à labourer ; les semences se faisaient généralement
" du 28 avril au 1er mai. Une gelée très faible est survenue à la fin d'août, mais
" perceptible seulement sur le bord des savanes. Les tiges de patates n'ont perdu
" leur verdure qu'à la fin d'octobre, et aucun grain n'a souffert de la gelée. La
" terre n'est pas encore gelée (le 12 novembre 1857), et les labourages se conti-
" nuent où la terre est bien égouttée ; la pluie ayant été considérable depuis le
" mois de septembre. Jusqu'à ce temps, 12 novembre 1857, la terre n'a été que
" deux fois blanchie par la neige, qui a disparu chaque fois six heures après sa
" chute.

" Le tonnerre et les éclairs ont été très fréquents pendant toute la saison et
" dans le dernier mois (octobre) en trois différents temps, et le 5 du présent mois
" (novembre) nous avons eu beaucoup de tonnerre très fort et des éclairs accom-
" pagnés de pluies très abondantes.

" J'ai fait labourer jusqu'à ce jour, 12 novembre 1857, 250 arpents de terre,
" et j'espère en faire labourer cinquante autres."

Ces renseignements confirment tout ce qui a été dit précédemment sur la
douceur du climat dans le territoire du Saguenay.

Et j'ai dû les citer non seulement pour justifier les dépenses qui ont déjà été
faites pour ouvrir ce magnifique pays à la colonisation, mais pour démontrer la
certitude des avantages qu'offre ce vaste territoire à la colonisation.

COMTÉ DE CHICOUTIMI.

*Pont sur la rivière Dumoulin, construit avec le concours et sous la surveillance du
conseil municipal du township de Chicoutimi.*

Balance restant des appropriations $578 22
Montant payé 532 00

Balance restant................................$ 46 22

Le conseil municipal de Chicoutimi ayant nommé MM. Alexis Tremblay et
O. Bossé pour examiner le pont dont la construction a été entreprise par M. Nar-
cisse Antil dit St. Jean et lui faire rapport, m'a transmis leur dit rapport, daté du
20 octobre dernier, par lequel il appert que la construction de ce pont a été faite
d'une manière satisfaisante, et qu'il ne restait que peu de chose à faire pour le
compléter.

Ce pont a été livré à l'usage public depuis quelques mois déjà.

COMTÉ DE CHICOUTIMI.

Chemins de Simard, Tremblay et Harvey.

Montant approprié en 1857.....................$600 00

Comme il n'existait aucun tracé de ce chemin, Edmond Duberger, écr., arpenteur, a été chargé de faire les explorations nécessaires et de le tracer sur le
terrain. Cette opération a été faite d'une manière satisfaisante et les travaux d'ouverture commenceront dès que la saison le permettra.

COMTÉ DE CHICOUTIMI.

Chemin de Sydenham.

Montant approprié en 1857 ....$1,100 00

Montant payé 1,100 00

Ce n'est qu'en 1857 que l'amélioration et le prolongement du chemin Sydenham ont été commencés. Il en a été ouvert 52 arpents et 8 perches, dont 29 arpents et 7 perches sont propres aux voitures d'hiver seulement, et 23 arpents et 1 perche aux voitures d'été.

Ce qui a été parachevé a coûté $1004 le mille,—ce qui doit paraître élevé ; mais je dois faire remarquer que ce chemin traverse une savane très difficile à égoutter. Dans le but de l'assécher, M. D uberger a dû creuser, outre les fossés latéraux, des décharges très profondes et coûteuses, et sans lesquelles il eût été impossible de faire un égout efficace. L'une de ces décharges n'a pas moins de 5½ pieds de profondeur. L'extrait suivant du rapport de M. Duberger, du 11 septembre dernier, fera voir les difficultés et les obstacles qu'il a eu à vaincre pour assécher cette savane, et faire un chemin solide et durable, et rendre en même temps les terres adjacentes au chemin susceptibles de culture.

M. Duberger dit dans un de ses rapports :

"Depuis que les colons et autres voient que ce chemin, qu'ils croyaient pour "toujours impraticable, va devenir non seulement très beau, mais qu'il devra "même contribuer à l'assèchement des terres adjacentes, ils se disputent avec "acharnement les lots situés de chaque côté du chemin.

"Le sol de la savane à travers laquelle doit passer le chemin de Sydenham, "est de terre végétale (terre noire ou tourbe) d'une épaisseur variable, le sous-sol "est de glaise bleue et conséquemment très recherché par les colons.

"Dans le premier rang N. E. du chemin de Sydenham, les lots Nos. 7 et 8 "ont chacun des lacs d'eau salée ; un d'environ quatre arpents de circonférence "et l'autre de quelques perches. J'ai transmis des spécimens de cette eau salée "à Sir W. Logan.

"Pour compléter le chemin de Sydenham (selon moi), il faudrait encore "$1600 pour pouvoir le parachever.

"Je n'ai fait aucune remarque sur les gelées : je crois qu'elles n'étaient ou "qu'elles n'ont pas été remarquables.

"Dans le township Mésy, il y a une nouvelle chapelle et un prêtre y réside "depuis l'automne dernier, et dans trois ou quatre townships, des sites d'églises "ont été établis par les autorités ecclesiastiques"

M. Duberger croit que depuis six ans la valeur de la propriété a doublé.

COMTÉ DE CHICOUTIMI.

Pont sur la rivière à Mars, construit avec le concours et sous la surveillance du conseil municipal du township de Bagot.

Balance restant des appropriations.....................$312 12

Montant payé 12 00

Balance restant.....................................$300 12

Je prends la liberté de vous référer à ma lettre du 30 juillet dernier, relativement à ce pont.

COMTÉS DE SAGUENAY ET CHARLEVOIX.

Chemin de la rivière Noire à l'embouchure du Saguenay.

Montant approprié en 1857 .... $600 00

Cette somme a été appropriée par un ordre en conseil daté du 21 novembre dernier, et sur des représentations faites par des personnes connaissant les lieux et les besoins locaux, il a été jugé que l'emploi de cette somme se ferait avec beaucoup plus d'économie et d'avantage au printemps prochain.

COMTÉ DE CHARLEVOIX.

Chemin de Settrington et De Salles.

Montant approprié en 1857 .... $400 00

Des personnes compétentes auxquelles je me suis adressé pour avoir des renseignements sur la location de ce chemin et savoir s'il serait nécessaire de faire faire une exploration préliminaire, ont exposé que la saison était alors trop avancée, dans le temps où il a été possible de s'occuper de ce chemin (15 sept.,) pour procéder avec avantage, et elles ont demandé que ces travaux fussent remis à l'été prochain.

COMTÉS DE CHARLEVOIX ET DE CHICOUTIMI.

Chemin de St. Urbain à la Grande Baie.

Conducteurs : BONIFACE CIMON et THELESPHORE FORTIN.

Montant approprié en 1855	$ 800 00
Do do en 1857	2400 00
	3200 00
Montant payé	2887 20
	$ 312 80

Maintenant que l'attention publique, celle surtout des amis de la colonisation, est fixée sur le vaste et important territoire du Saguenay, toute information, tout renseignement qui tendent à en faire connaître la valeur, sont accueillis avec le plus vif intérêt ; et l'excellent rapport que m'ont fait messieurs Cimon et Fortin sur l'important chemin dit "de St. Urbain à la Grande Baie," contenant des informations aussi nombreuses qu'utiles, je pense ne pouvoir mieux faire que d'en reproduire ici une grande partie.

"La longueur de chemin ouvert par nous, disent messieurs Cimon et Fortin, " durant la saison qui vient de s'écouler, est de 10 milles et quelques arpents, et " fait de manière à y passer très confortablement avec toute voiture quelconque " et ce indépendamment d'une simple ouverture que nous avons faite dans la " partie de ce chemin restant à faire, donnant une longueur de plus de 35 milles " ou environ. Ce qui a été fait par nous dans les quatre dernières années, sa- " voir : en l'été 1854, comprend 16 milles de longueur.

" Comme nous venons de le dire, l'étendue de chemin simplement ouvert est " de 35 milles, et celle qui a été parachevée est pour toutes voitures d'été, de 10 " milles et quelques arpents. Cette dernière partie est bien praticable, ce qui,

" joint à ce qui a été fait précédemment, donne une étendue de bon chemin d'été
" de plus de 26 milles. L'autre partie n'est praticable que pour les voitures
" d'hiver ; néanmoins, vu la facilité et la régularité du terrain dans toute cette
" partie de chemin simplement ouverte en chemin d'hiver, nous pouvons assurer
" que de légères voitures d'été peuvent y passer sans danger et avec assez d'a-
" vantage.

" L'étendue de ce chemin tant ouverte que complétée par nous, se trouve en
" tout et partout sur le domaine et les terres de la couronne.

" Aucune partie de ce chemin n'a été donnée à faire par contrat.

" Le point de départ de notre ouvrage dans la partie du chemin que nous
" avons parachevé dans le cours de la saison dernière, a été au terminus de notre
" ouvrage fait en 1854, à l'endroit appelée "Lac à la Galette," et a été ainsi par
" nous complété jusqu'à un mille et quelques arpents au-delà de la rivière Mal-
" baie. La partie qui n'a été que simplement ouverte en bon chemin d'hiver,
" comprend depuis ce dernier point jusqu'aux premières habitations de la Grande
" Baie.

" Le coût moyen de chaque mille du chemin parachevé, exclusivement des
" ponts, est de $160.

" Le nombre de ponts que nous avons faits dans la partie du chemin para-
" chevé est de neuf, variant depuis 7 à 50 pieds de longueur ; ils peuvent avoir
" coûté en total $240.

" Le nombre des pontages que nous avons faits est de trois, donnant une
" longueur en total de 613 pieds, indépendamment de bien des *fascinages* que
" nous avons faits soit pour niveler le chemin, ou pour servir à le consolider en
" plusieurs endroits.

" Le coût de ces pontages peut s'élever à la somme de $320. Pour rendre
" ce chemin mieux praticable et surtout plus durable, il en resterait encore à
" faire dans quelques parties du dit chemin. Nous croyons ici devoir faire re-
" marquer que cette estimation en total est en dehors du chiffre de la dépense,
" qui s'élève à $620.85, faite à l'ouverture du reste du dit chemin, comme nous
" l'avons expliqué et désigné plus haut.

" Ce chemin n'a pas été verbalisé ni été mis sous le contrôle des autorités
" municipales.

" Le sol à travers lequel passe ce chemin est, en général, quoique le terrain
" adjacent à ce chemin soit aussi généralement accidenté, d'une assez bonne
" qualité. Le bois, surtout dans la partie que nous avons dernièrement travaillée,
" est d'épinette rouge et noire et autres espèces de bois mou. Ce bois d'épi-
" nette qui y domine est partout très beau et très long. Mais rien n'est à compa-
" rer à celui qui croît dans les forêts par où passe aussi ce chemin, comprenant
" depuis le petit lac Ha ! Ha ! à aller jusqu'à environ sept milles des premières
" habitations de la Grande Baie. C'est surtout au grand lac Ha ! Ha ! et dans
" ses environs (endroits que nous avons déjà eu occasion de signaler à votre atten-
" tion) que le bois, qui y est mêlé de bois franc et de bois mou, est remarquable-
" ment beau et d'une pousse à surprendre la vue. C'est aussi surtout dans
" cette partie que la nature du sol y est d'une qualité supérieure. Il n'y a nul
" doute que toute cette bonne terre sera mise en culture du moment que le che-
" min sera complété, surtout si le gouvernement s'occupait de cette partie de
" bons terrains, en le divisant par townships et en le faisant arpenter.

" Dès le printemps prochain, quelques personnes que nous avons employées
" se proposent de faire autour du lac Ha ! Ha ! quelques défrichements, pour y
" semer plus tard et s'assurer d'avance un droit de préemption. Dans l'intérêt de
" la colonisation, et dans la vue de venir en aide au surcroît de notre population,
" nous croyons devoir vous recommander particulièrement cette localité, en vou-

" lant bien vous-même la signaler comme importante à l'attention de notre gou-
" vernement.

 " Il est constant que dès que ce chemin sera complètement parachevé, un bon
" nombre de cultivateurs seront engagés à former des établissements, et que la
" colonisation sera en meilleure voie de progresser, à raison de la facilité avec la-
" quelle on pourra communiquer des vieux aux nouveaux établissements. Nous
" devons de plus faire remarquer que ce chemin, en facilitant les établissements
" agricoles, aura incontestablement l'effet de produire d'immenses avantages, en
" facilitant de même le commerce et l'expédition de toutes les affaires en géné-
" ral, par l'accès facile que produira cette voie de communication, surtout pen-
" dant l'hiver, avec le comté de Charlevoix et la cité de Québec. La construc-
" tion et réparation de certains logements qui ont été faits tout dernièrement le
" long de cette voie, vont contribuer grandement à en faciliter et en assurer le pas-
" sage. Aussi aimons-nous à vous dire, à l'appui de nos prévisions, que depuis
" cette saison d'hiver commencée, ce chemin est sans cesse fréquenté et telle-
" ment qu'il est dit à juste titre que c'est un va-et-vient continuel. Nous ne de-
" vons pas non plus passer sous silence que ce chemin est bordé de différents lacs,
" qui, par la quantité de truites qui y abondent, et les immenses prairies qui y
" sont formées autour par les anciens travaux des castors, sont et ne pourront être
" que très utile pour le passage des voyageurs, et sont déjà d'un grand secours
" pour la classe indigente de notre population agricole.

 " Indépendamment de tous ces avantages la chasse y est fructueuse et sert
" grandement depuis que ce chemin est praticable, à soutenir et soulager ceux
" surtout qui ne se trouvent pas dans des circonstances heureuses.

 " Il n'y a nul doute que dès que ce chemin sera complètement parachevé
" toute la partie de bons terrains qui se rencontrent du lac Ha ! Ha ! à la Grande
" Baie ne pourra être qu'avantageusement colonisée, surtout si le gouvernement
" la divise par townships et la fait arpenter, comme nous venons de le déclarer.
" Vu les avantages généraux qui devront découler de cette communication, dès
" qu'elle pourra être fréquentée facilement dans toute son étendue, non seulement
" la colonisation y gagnera, mais aussi le commerce. Un bon nombre de culti-
" vateurs seront engagés à former de nouveaux établissements tant auprès de ce
" chemin que dans les nouvelles habitations du comté de Chicoutimi où il con-
" duit. La paroisse de St. Urbain (où commence ce chemin, en donne une
" preuve, à raison de ce qu'un grand nombre de terres avaient été abandonnées
" par cause de leur isolement en partie et du manque de communication facile ;
" maintenant elles ont été reprises et mises en culture ainsi que bien d'autres
" terres nouvelles situées près de ce dit chemin.

 " Les bois propres aux constructions rurales ont déjà été exploités, ainsi que
" celui propre au commerce, mais ce n'est qu'au point de départ du dit chemin.
" Il en reste encore qui sera bien propre aux constructions rurales, et suffisam-
" ment, nous croyons, pour répondre à ce besoin pendant bien des années dans
" cette localité.

 " La mouche à blé dans les nouvelles terres ensemencées n'a pas causé
" apparemment de dommages au grain, bien qu'elle ait continué à faire ses
" ravages dans nos paroisses, au blé et au seigle, mais avec moins d'intensité
" que ces années dernières. Nous ne pouvons préciser au juste et dire en quel
" temps et lieu les premières gelées se sont fait sentir, ne l'ayant pas observé.

 " Il est incontestablement connu que la patate dans les terres nouvellement
" défrichées ainsi que celle mises en terrain sec, n'est pas atteinte de la maladie
" dont elle est en général attaquée depuis nombre d'années dans nos campagnes.

 " La somme que nous jugeons nécessaire pour compléter et parachever ce
" chemin tel qu'il est commencé serait à peu près $8,000. Une somme de $3,200,

" dovrait de plus être ajoutée pour construire deux grands ponts : un sur la rivière
" Malbaie et un autre sur le lac Ha ! Ha ! Ces sommes ne devraient pas, selon
" nous, être mises en compte contre les avantages sans nombre qu'elles procure-
" raient à la colonisation et au commerce, et dans ce but, nous ne pouvons faire
" autrement que d'en réclamer hautement l'octroi."

COMTÉ DE MONTMORENCY.
Chemin de St. Ferréol.
Conducteur : NICOLAS LE FRANÇOIS

Balance restant en 1856 .... $ 74 00
Montant approprié en 1857.......................... 300 00

$374 00
Montant payé 335 55

Balance restant..................................... $ 38 45

Il a été projeté de prolonger ce chemin jusqu'à la concession St. Flavien de
la Baie St. Paul, comme il avait été tracé autrefois par M. le grand voyer Taschereau. On assure qu'il passerait sur un terrain propre à la culture. S'il était
ouvert suivant le tracé de M. Taschereau, M. Le François, arpenteur, croit qu'il
aurait l'effet de raccourcir d'environ six à sept lieues la route qui conduit de la
concession St. Flavien à Québec.

Il y a plusieurs pouvoirs d'eau dans la rivière dite " Jean Larose," à l'entrée
de St. Ferréol, et aussi dans la rivière du " Moulin à Farine " et celle " Des
Roches." Il y a de la pierre à chaux dans les environs de la rivière "Jean Larose."

M. Le François ne peut dire qu'elle somme il faudrait pour faire le chemin
tel que projeté ; mais il faudrait, dit-il, à part certains travaux assez considérables pour opérer des changements nécessaires dans la route, dans certaines
côtes surtout, construire un pont sur la rivière "Jean Larose," et un autre sur la rivière "Des Roches," chacun d'à peu près 36 pieds de lambourdes, et enfin un autre
pont sur la rivière Ste. Anne, d'à peu près un arpent de longueur. Il resterait
ensuite pour se rendre à la Baie St. Paul, cinq lieues et demie ou six lieues de
chemin à faire à travers un bois épais.

COMTÉ DE MONTMORENCY.
Chemin de Laval.
Balance restant de 1855............................$999 25

La correspondance qui a eu lieu entre ce bureau et le conducteur et le renvoi
de cette correspondance et des affaires qui concernent ce chemin, au département à Toronto, d'après le désir du conducteur, expliqueront pourquoi les travaux ont été suspendus.

COMTÉ DE QUÉBEC.
Chemin de Stoneham.
Conducteur : JACQUES BOURBEAU.

Balance restant de 1854.......................... $ 66 22
Mantant approprié en 1857.......................... 300 00

$366 22
Montant payé 300 00

Balance restant..................................... $ 66 22
Vide mes rapports sur les travaux de 1854 et 1855.

Voici les détails que me transmet M. Bourbeau sur ce qu'il a fait l'an dernier, et sur ce qui reste à faire dans le chemin de Stoneham :

" J'ai fait le travail sur une longueur de 46 arpents, dit M. Bourbeau, où il " n'y avait que le bois d'abattu.

" En sus de ces 46 arpents, j'ai fait faire 184 verges de pontage ailleurs. " Dans ces 46 arpents, il y a 244 verges de pontage ; 420 verges de chemin cou- " vert de fascines, avec de la terre dessus ; 1 quai de 31 verges de long sur 6 " pieds de haut ; 1 do. de 35 verges sur 10 pieds de haut ; 1 do. de 18 verges sur " 4 pieds de haut ; et 1 do. de 36 pieds de long sur 10 de haut. J'ai fait en sus " 5 ponts de 5 à 6 pieds de longueur et 64 verges de fossés. J'ai enlevé toutes " les souches ; après mes ouvrages finis, il est passé des habitants avec leurs " voitures. La principale chose qui reste à faire maintenant est le fossoyage.

" Il y a aussi du minage. D'après mon opinion, (et j'ai quelque expérience " dans ces sortes de travaux, pour avoir fait des entreprises dans le même genre, " pour messieurs les commissaires à barrières de Québec), je considère qu'il " faudra une somme de près de $600 pour terminer cette route, qui alors devrait " être entretenue par les colons.

" Je n'ai pas besoin de vous dire ici que cette route raccourcit la distance " au marché de Québec de 3½ lieues, pour les colons du township Tewkesbury " et les environs. Je dois dire que les colons intéressés ont fait des efforts, et que " la quantité d'ouvrage fait pour le montant de $300 est extraordinaire.

COMTÉ DE QUÉBEC.
Chemin Bélair.
Conducteur: JOSEPH SAVARD.

Montant approprié en 1857	$200
Montant payé	200

Vide mon dernier rapport.

M. Savard a ouvert, en 1857, 42 arpents, mais il y a amélioré le chemin sur une étendue de quatre milles. Ces quatre milles sont praticables pour les voitures d'été.

Ce chemin a été verbalisé.

M. Savard recommande encore la continuation de cette route, afin d'établir une voie de communication entre la seigneurie Bélair et Ste. Catherine, le lac Sergent et St. Raymond.

M. Savard dit qu'il n'y aurait que deux milles de chemin à confectionner pour obtenir un résultat très avantageux pour les habitants de ces localités, et prétend que $200 pour le chemin dans Bélair, et $800 pour faire les deux milles de chemin entre la seigneurie Bélair et Ste. Catherine, serait une somme suffisante.

COMTÉ DE PORTNEUF.
Chemin de Rocmond.
Conducteur: ALEXIS CAYER.

Balance de l'appropriation de 1854	$128.15
Montant approprié en 1857	800.00
	$928.15
Montant payé	328.15
Balance restant	$600.00

Pour la désignation de ce chemin, *vide* mon dernier rapport.

Un mille et 20 arpents ont été ouverts en 1857.

B

De ce mille et 20 arpents, 14 arpents ne peuvent servir qu'aux voitures d'hiver seulement.

Il a coûté $100 par mille, sans comprendre les ponts.

Onze ponts, formant 457 pieds de pontage, ont coûté, terme moyen, vingt piastres chacun.

Cinq milles, dans Gosford, ont été verbalisés en 1856.

A peu près 14 milles de ce chemin sont praticables pour les voitures d'été.

Dans la distance des premiers dix milles de ce chemin, la terre cultivable, de chaque côté de la rivière Ste. Anne, et entre cette rivière et les montagnes, peut avoir 50 arpents en profondeur. Au 10e ou 15e mille, les montagnes se trouvent très rapprochées de la rivière. Près de la rivière, le terrain est excellent, et les bois sont l'orme, le frêne, le merisier, le sapin, l'épinette blanche et rouge. Auprès des montagnes, l'érable est le bois dominant.

Il existe plusieurs pouvoirs d'eau dans les environs de ce chemin.

Vingt-quatre familles se sont fixées sur ce chemin du 1er au 9e mille, depuis que l'ouverture en a été commencée.

Le pin, l'épinette rouge et blanche ont été exploités depuis le 1er mille jusqu'au 10e. La quantité qui reste parait suffisante pour les besoins actuels et futurs des localités.

La mouche a blé n'a causé aucun dommage dans ces nouveaux endroits.

" Depuis 25 ans." ajoute M. Cayer, " que je suis ici, (M. Cayer demeure à " St. Raymond), la patate n'a pas été atteinte de la maladie. C'est seulement " dans les terres fortes, comme à la Pointe aux Trembles ou à Lorette, que la patate est affectée de maladie, et ce depuis dix ans."

Suivant M. Cayer, la valeur de la propriété a doublé depuis trois ans.

COMTÉ DE PORTNEUF.

Chemin d'Alton.

Conducteur : JOSEPH VERRETTE.

Balance restant de 1856........................	$ 20.04
Montant approprié en 1857.....................	800.00
	$820.04
Montant payé.................................	796.15
Balance restant..............................	$23.90

Le chemin d'Alton a pour point de départ la ligne de division entre les 2e et 3e rangs sur le lot No 13 d'Alton. Il est projeté de l'ouvrir jusqu'à la rivière Batiscan, où l'on trouve, assure-t-on de très beau terrain.

La distance de son point de départ à la rivière Batiscan est d'à-peu-près 21 milles. Onze milles ont été ouverts et peuvent être fréquentés par les voitures à roues. Cinq de ces onze milles ont été confectionnés en 1857. Une partie du chemin ouvert se trouve dans le township d'Alton, et une autre partie dans le township de Montauban. Le chemin tel qu'ouvert par M. Verrette rejoint la ligne tracée par M. Bouchette, entre les Nos. 8 et 9 (M. Verrette ne dit pas dans quel rang) d'où, dit-il, il continue en *montant*. M. Verrette dit que les avantages que ce chemin offre à la colonisation seraient triples, s'il était ouvert jusqu'à la rivière Batiscan.

Les trois premiers rangs du township d'Alton sont tous occupés, à l'exception de quelques lots qui ne sont nullement susceptibles de culture.

D'après M. Verrette, deux raisons principales retardent l'établissement des terres dans les autres rangs d'Alton ainsi que dans Montauban :

1º. L'espérance qu'ont les gens que le chemin s'ouvrira prochainement jusqu'à la rivière Batiscan, où l'on trouve de magnifique terrain ;

2º. L'absence d'un agent local pour la vente de ces terres.

Les bois de pin et d'épinette ont été exploités en grande partie sur les terres situées dans les environs du chemin, mais il paraît qu'il en reste encore suffisamment pour les besoins locaux.

M. Verrette évalue à $800 ou $1200 la somme nécessaire pour continuer le chemin jusqu'à la rivière Batiscan.

Pour plus amples informations sur ce chemin et sur le terrain de la vallée de la rivière Batiscan, voir mon rapport de février 1856, page 20, version française.

COMTÉ DE PORTNEUF.

Pont de St. Casimir, sur la rivière St. Anne.

Montant approprié en 1856......................$3000
Montant payé....................................... 3000

La municipalité de St. Casimir, en conséquence de l'appropriation de $3000 pour aider à la construction de ce pont, s'étant obligé à le faire construire, et dans le cas où la somme susdite serait insuffisante, à fournir le surplus nécessaire pour former le prix de sa construction, à été autorisé à passer contrat avec un entrepreneur sous certaines conditions.

L'entreprise a été exécutée et ses conditions ayant été remplies, la somme susdite a été payée au conseil municipal de St. Casimir.

M. Edouard Morin, secrétaire-trésorier de la municipalité de St. Casimir, sachant que je désirais me procurer autant d'informations que possible, propres à faire connaître les avantages qu'offrent à la colonisation les diverses localités, a eu la bonté de me transmettre celles qui suivent sur le chemin d'Alton :

" S'il était continué," dit M. Morin, "jusqu'à la vallée de la rivière Batis-
" can, il traverserait une grande étendue de terrain d'un sol fertile, uni et com-
" planté en bois franc et clair.

" Les jeunes gens n'attendent que le prolongement de ce chemin pour aller
" s'y établir.

" Les pouvoirs d'eau et la pierre à chaux ne sont pas rares dans les environs :
" je suis porté à croire que des mines précieuses seront découvertes bientôt dans
" les montagnes qui bordent ces vallées ; cette croyance me vient d'après la con-
" naissance que j'ai de ces terrains qui ont de la conformité avec les mines
" aurifères de l'Australie où j'ai travaillé. Ces montagnes et ces coulées où le
" quartz et le mica sont communs me font croire à ces découvertes.

" Nous attendons de l'aide de la libéralité du gouvernement ; car l'argent
" ne peut être mieux employé.

" La colonisation progresse rapidement à St. Alban, proche de ce chemin,
" car je vois que le prix des lots de terre double et triple en peu de temps.

" Si ces bois sont exploités en grand, comme ils l'ont été depuis quelques
" années, ils deviendront rares, quoiqu'ils fussent très communs : ces bois sont le
" pin et l'épinette.

" L'église de St. Alban n'est pas encore parachevée, mais la messe se dit
" depuis l'automne de 1856."

COMTÉ DE CHAMPLAIN.

Chemin des Grandes Piles.

Conducteur : LOUIS ARCAND.

Montant approprié en 1857.......................$1600
Montant payé................................... 1600

La longueur projetée de ce chemin est de 16 milles.

Son point de départ est de 2¾ au nord-ouest du St. Laurent, dans la paroisse de St. Maurice, dans le rang nord-ouest de Ste. Marguerite, sur le lot No. 21, près des nouvelles forges de Radnor. Quatre milles et 18 arpents ont été complétés à compter de son point de départ. Il en a été fait et complété, en 1857, trente-trois arpents. Ce qui a été fait de chemin est tout dans la seigneurie du Cap de la Magdeleine, appartenant ci-devant à l'ordre des jésuites et maintenant au gouvernement de cette province.

Il en reste encore quatre milles à faire dans cette seigneurie et à peu près sept milles dans le township de Radnor. Le coût terme moyen, en a été d'environ $600, sans comprendre les ponts, mais dans une savane considérable que doit traverser le chemin, le terme moyen de sa confection sera d'à peu près $800 par mille. Il a été fait en 1855, '56 et '57, vingt ponts qui ont coûté $1096. Il a été fait de plus au bas de la savane deux cours d'eau, dont l'un a 15, l'autre 33 arpents de longueur et de 4 pieds de largeur sur 4 pieds de profondeur, qui ont coûté $300.

Il ne paraît pas que ce chemin ait été verbalisé par les autorités municipales.

La distance que ce chemin aura à parcourir dans la savanne dont il est mention ci-dessus est d'à peu près 4½ milles, et cette savane, que M. Arcand dit être facile à égoutter, en raison de ce que plusieurs petites rivières y prennent leurs sources, est susceptible de culture. Elle est de cinq lieues de long et large d'une demie lieue à une lieue et trois quarts.

Les terrains adjacents au chemin sont tous concédés, excepté dans Radnor où le chemin n'a pas encore été ouvert.

Lorsque le chemin sera ouvert dans Radnor, la colonisation devra y faire des progrès importants, car déjà plusieurs colons y ont commencé des défrichements dans l'espoir que le chemin sera bientôt ouvert jusque chez eux.

La mouche à blé n'a fait aucun dommage ces dernières années sur les terrains adjacents.

La récolte cette année y a été très bonne.

" Les gelées nuisibles aux récoltes s'y font rarement sentir," dit M. Arcand ; " il n'y a que le blé sarasin, semé très tard, qui en souffre. La patate n'a aucunement souffert dans les terres neuves ; mais dans les terres engraissées il en est péri la moitié.

" Dans la paroisse de St. Maurice, la propriété a presque doublé."

Pour plus de détails, voir mes rapports sur les travaux de 1855, page 35, et 1856, page 57, versions françaises.

COMTÉ DE CHAMPLAIN.

Chemin des Piles au lac Cossette.

Montant approprié en 1857.......................$800
Montant payé................................... 800

COMTÉS DE CHAMPLAIN ET DE ST. MAURICE.

Chemin de Matawin.

Montant approprié en 1857 ....$1500

La confection de ces deux chemins a été mise d'abord sous la surveillance de Samuel J. Dawson, écuyer, ingénieur et surveillant des travaux du St Maurice, et ensuite lorsque ce monsieur a reçu instruction du gouvernement de se rendre à la Rivière Rouge pour se joindre à un parti d'exploration, Oliver Wells, écuyer, arpenteur, agent pour les bois de la couronne, a été chargé de l'ouverture de ces deux chemins.

Le rapport sur ces travaux sera probablement fait directement au département à Toronto, par M. Wells.

COMTÉS DE ST. MAURICE ET MASKINONGÉ.

Chemin de Caxton.

Conducteur: Luc Gelinas.

Balance restant de 1856..........................$ 25 97
Montant approprié en 1857 .... 1200 00

$1225 97
Montant payé................................   900 00

Balance restant ....$ 325 97

Le chemin de Caxton commence à celui de Shawinigan, traverse St. Etienne, St. Barnabé, St. Paulin, et se termine chez le nommé Joseph Trépanier, dans Ste. Ursule ; sa longueur est de onze milles et quelques arpents.

Un mille et trois quarts ont été ouverts pendant l'année 1857. Des réparations ont été faites aussi dans certaines côtes et ponts.

L'amélioration des côtes de la rivière Yamachiche, sur ce chemin, rencontre des difficultés considérables qu'il est impossible de vaincre avec des moyens ordinaires.

Ce chemin, quoique non parachevé, est praticable dans toute sa longueur pour les voitures à roues. Il conduit aux forges de St. Maurice et aux établissements formés sur cette rivière, à la ville des Trois-Rivières, aux établissements des Grès et à ceux du township de Shawinigan, où le sol est très propre à l'agriculture.

C'est par ce chemin que cinq à six paroisses transportent leurs effets dans divers chantiers, aux Trois-Rivières et autres lieux. Il y a trois excellents moulins (M Gélinas a omis de dire si ce sont des moulins à farine ou à scie) le long de ce chemin et d'abondantes carrières de pierre à chaux auprès de la rivière Yamachiche et dans son lit même.

Les bois propres aux constructions rurales ont été en grande partie exploités. Il ne reste guère que la pruche et une petite partie du bois franc. Cependant, M. Gélinas croit qu'il reste assez de bois de construction et autres pour suffire aux besoins des localités respectives.

Des colons se sont empressés de se placer sur les bords de ce chemin et y ont fait des progrès très satisfaisants. Le site d'une église a été fixé, l'an dernier, dans Shawinigan, par l'autorité religieuse.

M. Gélinas croit que la valeur de la propriété foncière, située dans les environs de ce chemin, a augmenté depuis quelques années, d'au-delà de cent pour

" cent. **Avant que le gouvernement, dit M.** Gélinas, eut fait commencer l'ouver-
" ture de ces chemins, on avait les terres, ou le prétendu droit d'un individu sur
" une terre qu'il occupait, pour une petite somme, mais à présent que les colons
" jouissent des facultés que leur procure ce chemin, les terres nouvelles se ven-
" dent pour un prix plus élevé que les vieilles terres et l'on voit même souvent
" des cultivateurs vendre leurs terres défrichées pour aller joindre les colons dans
" ces nouveaux établissements."

M. Gélinas croit qu'une nouvelle appropriation de $1200 suffirait pour com-
pléter le chemin.

COMTE DE MASKINONGE.

Chemin de Hunterstown.

Conducteur : P. C. RIVARD.

Montant approprié en 1857............................400

Par une lettre du département datée du 20 juillet dernier, j'ai reçu avis
d'en remettre l'ouverture jusqu'à ce que de plus amples informations aient été
obtenues.

COMTÉS DE BERTHIER ET JOLIETTE.

Chemin de Brandon et de Joliette.

Conducteur : J. A. LEPROHON ET MAXIME CRÉPEAU

Montant approprié en 1855 ....$300
"   "   en 1856 800
                                                        _____
                                                        $1100
Montant payé $1100

Le point de départ de ce chemin est la ligne qui sépare les dixième et onzième rangs de Brandon, sur le lot No. 18, et se termine au premier rang du township de Joliette sur le No. 18, occupé par M. J. A. Leprohon, qui le premier, a
fait un établissement dans ce dernier township. Il est une continuation des sept
milles de chemin déjà faits dans Brandon

Messieurs Leprohon et Crépeau ont fait, en 1857, 7 milles de chemin propres
au roulage, ce qui donne maintenant 14 milles de chemin ouverts et praticables
pour les voitures à roues, dans Brandon et Joliette.

Le coût de ce chemin a été seulement d. $104 par mille. Quatre ponts, un
de 58 pieds sur 9 de hauteur, un de 90 pieds de long sur 14 de hauteur, et deux
autres comprenant 70 pieds de pontage, ont coûté, ensemble, environ $200.

Deux cent-soixante-et-un pieds de pontage outre les ponts mentionnés ci-
dessus ont été faits et ont coûté $160 ; à peu près 50 centimes du pied.

Du point de départ du chemin jusqu'à la distance de deux milles, le sol est
partout d'excellente qualité et très propre à former des établissements, étant de
terre jaune, et les bois, érable merisier, hêtre, frêne et quelques sapins

De là jusqu'au troisième mille, le sol est de même qualité, mais il est boisé
en pin de très haute venue et très droit, et en épinette rouge et blanche.

De là jusqu'au 4ème mille le sol est aussi de terre jaune et est boisé en
pin, bouleau et tremble.

Le 5eme mille est sablonneux, et les deux autres milles sont de même qua-
ité que le premier et couverts de même bois.

La plupart des lots dans les rangs où le chemin a été ouvert ont été pris au fur et à mesure que le chemin a été ouvert. Une quinzaine de familles se sont établies sur les premiers sept milles qui ont été faits. Elles récoltent déjà plus que le nécessaire. Outre ces établissements dont les propriétaires sont résidants sur les lieux, tous les lots, disent Messieurs Leprohon et Crépeau, ont été pris, et sur le plus grand nombre on y a fait un commencement d'établissement.

Dans trois rangs, on ne m'en donne pas les numéros, de Joliette, où le sol est sans doute excellent, mais où aucun chemin n'a été fait, on trouve une vingtaine de familles, parmi lesquelles il y en a quelques unes qui commencent à être à l'aise.

Une grande partie des bois de construction a été exploitée et l'est encore actuellement, et il paraîtrait, d'après les informations qui me sont données, qu'il importerait à l'intérêt de la colonisation que ces exploitations ne fussent pas continuées.

M. Crépeau m'informe qu'il existe à quelques arpents du chemin une mine de cuivre dont on lui a montré quelques échantillons.

Il y a sur la rivière Noire et la rivière David plusieurs pouvoirs d'eau.

Messieurs Crépeau et Leprohon croient que pour faire parvenir le chemin jusqu'à l'étendue de bonne terre, à laquelle ils font allusion dans leur rapport, il faudrait une somme de $1300.

COMTÉ DE JOLIETTE.

Deux chemins dans Cathcart.

Conducteur, LAURENT DESAULNIERS.

Montant approprié en 1857........ ....$400
Montant payé $400

Voir mon dernier rapport, page 61, version française, et aussi mon rapport sur les travaux de 1854, page 31, version française.

Il a été fait en 1857 un mille de chemin dans celui qui est au sud-ouest de la rivière l'Assomption, et un demi mille et 21 chaînes dans celui du nord-est.

Un mille et demi a été parachevé pour l'usage des voitures d'été, et 21 chaînes n'ont été ouvertes que pour les voitures d'hiver.

Le chemin parachevé, y compris les ponts, a coûté à peu près $291 le mille.

Une étendue de 10 milles dans ces deux chemins a été verbalisée par la ci-devant municipalité de Berthier, No. 2. Ces deux chemins sont entièrement dans Cathcart.

Il a été fait dans ces deux chemins 71 ponts, variant de 3 à 20 pieds de pontage ; le coût de ces ponts est compris dans celui des chemins. Il en reste encore un à faire sur la rivière l'Assomption ; ce pont paraît être de nécessité urgente, et coûterait, d'après l'évaluation de M. Desaulniers, $320.

"Les deux chemins dont j'ai eu la surveillance," dit M. Desaulniers, "pour les raisons que j'ai données dans ma douzième réponse, pourraient encore se continuer, savoir : celui du dit côté nord-est de la dite rivière l'Assomption, encore un mille et demi, et celui du côté sud-ouest de la dite rivière l'Assomption, au-delà de trois milles, ce qui pourrait coûter pour les deux ensemble, trois cent-cinquante louis.

'Je ne puis donner des renseignements bien exacts sur les progrès de la colonisation des townships de Kildare et Cathcart, n'ayant jamais été en possession du recensement de ces localités ; mais ce que je puis dire, c'est que sur ces deux chemins et sur les terrains adjacents à iceux, au-delà de cinq mille arpents de terre y sont occupés seulement depuis le mois de juillet dernier.

" Les bois de pin et de cèdre ont été exploités dans la localité traversée par ces chemins et dans les environs, et plus particulièrement les bois de pin ; il en reste encore dans quelques endroits en petite quantité, et qui ne pourront faire du bois que de seconde qualité.

" La cécydomie, ou mouche à blé, n'a causé aucun dommage ces années dernières.

" La patate a été atteinte de maladie, à un degré à peu près égal dans les terres nouvellement défrichées et dans les terres cultivées depuis nombre d'années, au commencement de septembre dernier, dans les dits townships de Kildare et de Cathcart."

COMTÉ DE MONTCALM.

Chemin de Chertsey.

Conducteur, PETER S. KELLY.

Balance de 1856	$ 5 02
Montant approprié en 18 7	400 00
	$405 02
Montant payé	405 02

Voir mon rapport de l'an dernier.

Ce chemin, qui traverse le township de Chertsey et se termine dans le township de Chilton en arrière du 11e rang de Chertsey, a à peu près 11½ milles de long, et il est complété dans toute sa longueur, et propre au roulage. Deux milles et un quart ont été complétés en 1857.

Le prix, terme moyen, en a été $160 par mille.

Il a été construit un pont de 70 pieds de long en arrière du 10e rang de Chertsey, qui a coûté à peu près $45, et plusieurs autres de même dimension. Le pont construit sur la rivière Lafontaine ayant été détruit par le feu qui a couru dans les bois de Chertsey, il en faudra construire un autre dont le coût est évalué à $100. Le seul obstacle qui se rencontre dans cette voie entre les anciens établissements de Rawdon et le township de Chertsey, est dans les 9e, 10e et 11e rangs de Rawdon, où le chemin n'a pas été parachevé.

M. S. Kelly croit qu'avec $800 le chemin et les ponts pourraient être achevés. Il persiste à dire qu'il croit que la colonisation retirerait beaucoup d'avantages de la continuation du chemin de Chertsey jusqu'aux beaux terrains explorés par Magloire Granger, en 1852, qui ne sont éloignés que d'à peu près 12 milles du point où se termine le chemin de Chertsey.

Le terrain à travers lequel passe le chemin ouvert l'an dernier, est en plus grande partie uni et couvert de bois de la meilleure qualité, le sol en est riche, quoiqu'un peu pierreux. Il y a des *sucreries* d'établies jusqu'au 9½e mille.

Depuis le commencement de l'ouverture de ce chemin, depuis quatre ans, la colonisation a fait des progrès rapides dans Chertsey. On trouve aujourd'hui dans ce township, un moulin à farine, et trois moulins à scie.

De cinquante à soixante familles sont allées s'établir dans Chertsey, l'automne dernier.

Plusieurs personnes qui ont aussi visité le terrain exploré par M. Granger, s'accordent à dire qu'il est d'une excellente qualité, et l'essor qu'a pris la colonisation dans cette direction ne laisse aucun doute sur les avantages qui découleraient du prolongement de ce chemin jusqu'aux terrains visités par ce monsieur. Il ne se trouve, dit M. S. Kelly aucun obstacle considérable à ce prolongement, dont la confection, suivant lui, coûterait à peu près $160 le mille.

Il y a dans le township de Chilton une carrière de pierre à chaux.

Les bois ont été exploités dans Chertsey par les spéculateurs; il en reste peu de bonne qualité.

Le pin et le cèdre sont les bois qui ont été enlevés en plus grande quantité.

Cependant M. S. Kelly croit qu'il en existe encore suffisamment pour les besoins actuels.

Vers le 15 d'août dernier, il est survenu une gelée dans Chertsey, dans les terrains bas, mais les terrains élevés n'en ont été nullement affectés.

Il y a eu une église protestante de construite dans Rawdon l'an dernier, et l'on s'attend qu'il en sera construit une dans Chertsey l'été prochain, pour les catholiques, dont l'église actuelle est aujourd'hui trop petite.

COMTÉ DE MONTCALM.
Pont de Chertsey sur la rivière Lacouareau.
Conducteur: J. L. M. Martin.

Balance restant en 1857 .... $613 84
Montant payé 500 00

Balance restant............................ .... $113 84

Le pont dont il est ici question a été construit pour remplacer celui qui, lors de la première ouverture du chemin de Chertsey, a été emporté par les eaux. Il a environ 200 pieds de longueur. M. Martin a en outre construit un autre pont de 30 pieds de longueur, mais ces ponts ne sont pas parachevés; il le sont cependant assez pour avoir été livrés à l'usage public.

" Je ne considère pas les piles assez remplies de pierre pour être en sûreté " contre les glaces. On en évaluait à $20 le complet remplissage fait en été ce " qui coûterait un peu plus en cette saison. Ayant lieu de craindre que le gou- " vernement ne veuille venir en aide pour cet objet, j'ai encouragé les colons in- " téressés à se charger de cette partie de l'ouvrage qui est fort à leur portée.

" Ce pont est de 12 pieds de largeur, de 10 pieds libres au-dessus des eaux " basses, et construit sur le plan qui a été adopté pour celui de Grenville, avec " les meilleures qualités de bois qu'on ait pu se procurer: cèdre, pin et épinette " rouge. Les bois sauvés du vieux pont étant fort endommagés n'ont pu servir " que pour les parties des piles constamment immergées. La main-d'œuvre géné- " ralement de cette construction peut soutenir la comparaison avec celle d'aucun " ouvrage de ce genre dans le comté."—(*Extrait du rapport de M. J. L. M. Martin.*)

M. Martin, depuis qu'il m'a transmis son rapport, s'est trouvé dans la néces- sité de m'informer que les colons sur lesquels, faute de fonds il avait été obligé de compter pour remplir les piles, ne se sont pas conformés à ses avis et que ce pont devra courir des risques, s'il n'est pas pourvu à combler le vide qui existe dans les piles.

Dans ses réponses à ma dernière circulaire, M. Martin, qui a eu l'occasion de parcourir les bois de Chertsey, et sur le jugement et l'expérience duquel on peut s'appuyer, dit ce qui suit:

" Les bois à travers lesquels passe le chemin de Chertsey dans la partie que " j'ai parcourue sont d'espèces mêlées, cèdre, épinette, sapin, peu de pin, merisier, " hêtre, érable et quelques bois blancs. Le sol, qui paraît d'une assez bonne " qualité, n'a pas partout assez de profondeur.

" Les bois propres aux constructions rurales et au commerce, le pin, et à " proprement parler, le pin seul a été exploité sur grand nombre de points du " township. S'il en reste encore sur quelques parties, on a raison de croire que ce " n'est pas en quantité suffisante pour suffire pendant longtemps aux besoins de " la localité, mais le cèdre et l'épinette blanche abondent partout.

" La mouche à blé n'a pas, que je sache, causé de dommages aux récoltes'
" Je suis parti de Chertsey le 6 septembre dernier, la gelée n'avait pas encore nui
" à la navigation. La patate a été atteinte de la maladie mais moins sévèrement
" dans les terres nouvellement défrichées que dans les vieilles terres.

" Il n'y a pas eu dans le township d'églises d'érigées, ni de sites établis,
" mais des démarches sont faites en ce moment à ce sujet.

COMTÉ DE MONTCALM.
Chemin de Kilkenny.
Conducteur : Louis Dufresne.

Balance restant en 1856............................	$ 9 52
Montant approprié en 1857.......................	300 00

	$309 52
Montant payé	309 52

Pour la désignation de ce chemin et autres renseignements, voir mon dernier rapport, page 63, version française.

Ce chemin s'étend du 5ème au 11ème rangs de Kilkenny.

En 1857, il en a été ouvert 4½ milles, dont trois peuvent servir aux voitures à roues, et le reste aux voitures d'hiver seulement.

La partie parachevée a coûté $80 le mille.

Il a été verbalisé.

Un des principaux avantages que ce chemin procure aux colons, c'est u'il raccourcit de 21 à 22 milles leur voie de communication avec Montréal.

Un certain nombre de familles sont venues s'établir dans Kilkenny, depuis l'ouverture de ce chemin.

" Dans le township de Kilkenny que j'habite," dit M. Dufresne, " et le town-
" ship adjacent, au-dessus de 300 familles se sont établies "

Les bois de construction ont été exploités dans ces localités, mais il paraî-trait qu'il en reste assez encore pour les besoins locaux.

M. Dufresne m'informe que la mouche à blé a causé beaucoup de dommages dans Kilkenny, même sur les premières récoltes ; c'est une de ces rares excep-tions à ce qui parait être la règle générale dans tous les endroits nouvellement défrichés.

Depuis l'ouverture des chemins faits par le gouvernement, commencés en 1854, la valeur de la propriété foncière, ajoute M. Dufresne, a augmenté de 25 pour cent par année, dans le township que j'habite, ainsi que dans les townships voisins.

COMTÉ DE TERREBONNE.
Chemin du Lac à la Truite.
Conducteur : L. E. Larocque.

Balance restant de 1854............................	$ 221 22
Montant approprié en 1857	800 00

	$1021 22
Montant payé..................................	300 00

Balance restant	$ 721 22

La définition de ce chemin n'étant pas très précise dans mes précédents rap-ports, je donne ici celle que M. Larocque m'a procurée dernièrement.

Le chemin du lac La Truite, dans les townships de Morin et Beresford, commence sur le lot No. 2 au cordon du 9e rang du township Morin, passe sur le côté nord du lac La Truite, entre dans le township de Beresford sur le 3e rang et se termine à la ligne nord-est de ce township (ce chemin est de ligne dans 6 rangs et de base dans une partie du 4e cordon de Beresford), et traverse le 9e rang de Morin sur les lots Nos. 2 et 3 pour suivre la rive nord du lac La Truite, dans Beresford ; du lac La Truite, il se rend au 4e cordon par le milieu du lot No. 1 du 3e rang, puis suit ce cordon en grande partie depuis No. 1 jusqu'au No. 18 sur le lac Des Sables, et de là remonte quatre rangs jusqu'au lac Brûlé sur le lot No. 16 du 7e rang, qui sont les 4e, 5e, 6e et 7e rangs de Beresford.

" La longueur projetée de ce chemin est de 8 milles et 25 chaînes.

" L'étendue des chemins ouverts par moi, en 1857, est de 7 à 8 arpents et de 32 arpents parachevés.

" Le chemin du lac La Truite est ouvert aux voitures d'hiver dans toute sa longueur, moins 3 ou 4 arpents près de la ligne nord-est de Beresford, et aux voitures d'été dans 6 milles à prendre du cordon du 9e rang de Morin à aller jusque vers les deux tiers de la montée du 5e rang de Beresford.

" Le coût par mille du chemin parachevé, terme moyen, à part les ponts, est de $336 à 340, y compris les ponts.

" Le terrain des townships adjacents à celui de Beresford me parait un peu plus uni et de même nature que dans ce dernier township.

" Les bois de construction propres aux usages des colons sont communs en épinette blanche, mais assez rares en pin.

" Je ne connais pas que la mouche à blé ait causé aucun dommage, ni au blé, ni à aucun autre grain.

" Les patates ont été plus atteintes de la maladie cette année que dans les années précédentes sur les terrains nouvellement défrichés, mais moins que dans ceux anciennement défrichés."

Pour plus d'informations sur le sol et les bois, voir mes rapports précédents.

COMTÉ DE VAUDREUIL.

Chemins dans Newton.

Sous la surveillance du conseil municipal de Newton.

Montant approprié en 1856.........................$600 00
Montant payé 200 00

Balance restant.............................$400 00

Les chemins dans lesquels on a travaillé, sont 1° le chemin de front entre les 6e et 7e rangs de Newton ; et 2° une route sur le second rang de Newton, entre les Nos. 1 et 2.

La longueur de ces deux chemins réunis est de 3½ milles. La route ouverte sur le 2e rang a à peu près 23 acres de longueur, et le chemin de front en a à peu près 6¼.

Ces deux chemins ont été ouverts dans toute leur étendue, mais deux milles seulement peuvent servir au roulage ; le reste ne peut être fréquenté que par les voitures d'hiver.

Le chemin de front ci-dessus cité, ouvert entre les 6e et 7e rangs de Newton, commence à la ligne provinciale et court à l'est, vers la seigneurie de la Nouvelle Longueuil.

Un pont de 120 pieds a été construit et a coûté $195. Il y en a encore trois autres à construire.

L'autorité municipale de la localité a pourvu à l'entretien de ces chemins.

La plus grande partie des bois de commerce a été exploitée dans Newton. Le pin, l'orme et le frêne sont les principaux bois qui ont été exploités. "Il y a lieu de croire," dit M. C. McCosham, secrétaire-trésorier du conseil municipal de Newton, qui a eu la bonté de me donner des renseignements que je lui ai demandés, "que ce qui reste de bois propre à la construction ne sera pas suffisant pour les besoins de la localité."

COMTÉ D'ARGENTEUIL.

Chemin en arrière de La Chute vers Howard.—Chemin en arrière de Dalesville aux Rapides de Beavan.

Conducteur, ANDREW BOA.

Montant approprié pour le 1er chemin, en 1854	$ 400 00
Montant approprié pour le 2nd chemin, en 1857	800 00
	$1200 00
Montant payé	893 80
Balance restant pour le 2nd chemin	$ 306 20

La longueur projetée du 1er de ces chemins est de près de 14 milles. Il commence au premier rang du township de Gore, près du lac de Sir John.

Il a été ouvert vingt-quatre chaînes de chemin en 1857, et près de 4½ milles ont été complétés. Il est maintenant praticable pour les voitures d'été jusqu'à la pointe ouest du lac Barron dans le 5e rang.

La longueur du second chemin ne m'est pas connue, mais la section de ce chemin qui se trouve entre les moulins de Glencoe et les Rapides de Beavan est de 8 milles et 70 chaînes, et a été ouverte en 1857, jusqu'où les Rapides de Beavan se terminent.

Dans l'autre section de ce même chemin, depuis les moulins de Glencoe jusque chez Dolan, il n'a été amélioré que quelques chaînes de long dans les endroits les plus mauvais, avec une dépense de $24 30 seulement.

Dans la section qui se trouve entre les moulins de Glencoe et le Rapide de Beavan, 6 ponts, formant ensemble 262 pieds de pontage, ont été construits et ont coûté $73 85.

M Boa a fait travailler sur plusieurs autres chemins, dans le comté d'Argenteuil, et donne sur les terrains que traversent les chemins les détails qui suivent :

"Dans le premier mille et demi du chemin de Wentworth, le sol est bon. " Les 5 milles suivants sont très rocheux, et sur le reste du chemin le terrain est " généralement bon, plus uni et moins rocheux ; on y trouve l'épinette, la pruche, " le cèdre, le hêtre, le merisier et l'érable. L'épinette et le cèdre sont d'une ex- " cellente qualité et très gros. Le bois franc est particulièrement propre à la ma- " nufacture des alcalis. Quant au terrain qui se trouve au-delà du pont où j'ai " fini d'ouvrir le chemin, je puis dire que dans un espace assez considérable, le " terrain est plus uni, mais je ne connais rien de la nature du sol.

"Sur le chemin de Harrington, depuis le pont jusqu'à la décharge du lac " Joseph, le sol est généralement bon, quoiqu'un peu rocheux. Depuis la dé- " charge du lac Joseph jusqu'au lac Beavan, le sol est généralement excellent, " principalement le long de la vallée Anne's Brook, où le bois franc domine, quoi- " que dans la vallée le bois soit mêlé. Sur les bords du lac Beavan, on trouve " une quantité considérable de chêne.

"Au-delà de ce chemin, dans le township de Montcalm, il y a une très " grande étendue de bonne terre. Sur le chemin en arrière de la Chute vers

" Howard, depuis le lac Sir John jusqu'au lac de Beavan, le sol est bon, mais la
" surface est montueuse et rocheuse.   Les terrains hauts fournissent d'excellents
" pâturages, et les endroits bas donnent de bonnes récoltes.   Le bois dominant
" sur ces terrains était le bois franc, mais il a été détruit par les colons pour faire
" de la potasse.

" Sur la section du chemin de Dalesville aux Rapides de Beavan, comprise
" entre les moulins de Glencoe et le 2nd rang d'Arundel, le terrain est, dans
" quelques endroits, très inégal et rocheux, et ailleurs bon.   Dans les 2ème et
" 3ème rangs, où le terrain descend du côté de la Rivière Rouge, le terrain est
" bon, uni et peu rocheux.   Les bois y sont mêlés.   Ce chemin conduit à une
" étendue considérable d'excellente terre dans la vallée de la Rivière Rouge,
" vers laquelle, paraît-il, les colons se dirigent le plus à présent.

" De fait, des colons se sont déjà rendus dans le township de Salaberry et y
" ont commencé des établissements.

" Il y a quatre excellents pouvoirs d'eau dans le voisinage de ces chemins :
" un sur le No 20 du 1er rang de Wentworth, à une petite distance du commen-
" cement de ce chemin ; un sur le No 4 du 4ème rang d'Harrington, à environ
" 4 acres du chemin ; un autre, à l'endroit appelé "Glencoe's Mills ;" enfin le
" 4ème dans le dernier rang d'Harrington, à 3½ milles du moulin de Glencoe, sur
" le chemin de Glencoe's Mills aux rapides de Beavan.

" On trouve une grande abondance de pierre calcaire dans Wentworth,
" Chatham, Grenville, Harrington, et au 1er rang d'Arundel.

" Dans Chatham et Grenville, la plombagine est commune, et j'ai trouvé
" du mica dans Wentworth.

" Il y a une église de construite entre le 6ème et le 7ème rang de Chatham."

M. Boa croit qu'il faudra en sus des appropriations actuelles, $1,300 pour
compléter le chemin d'Harrington ; $400 pour celui de Wentworth ; $320 pour
celui de Dalesville à Harrington ; $1,200 pour le chemin en arrière de la Chute
vers Howard, et $600 pour le chemin de Glencoe's Mills aux Rapides de Beavan.

COMTÉ D'ARGENTEUIL.
Chemin de la Rivière du Nord au moulin d'Arnot.

Montant approprié en 1857 .... $400

L'état avancé de la saison, lorsqu'il eût été possible de commencer l'ouverture du chemin, aurait rendu ces travaux très dispendieux ; ils ont été en conséquence remis à une saison plus favorable.

L'ouverture de ce chemin se fera dès que la saison prochaine et l'état du
terrain permettront de le faire avec avantage et économie.

COMTÉ D'ARGENTEUIL.
Chemin de Wentworth.
Conducteur : ANDREW BOA.

Balance restant de 1855 .... $290 75

Il avait été payé à M. Boa, en 1856, une somme de $340 ; il ne restait con-
séquemment entre mes mains que celle de $60, tel que mentionné dans mon
dernier rapport. M. Boa n'ayant pu employer tout l'argent qu'il avait en main,
a déposé le 24 février 1857, à la Banque du Peuple, à Montréal, à mon crédit,
$230.75, balance non employée qui lui restait en main.

Cette dernière balance, jointe à celle de $60 mentionnée dans mon dernier
rapport, donne exactement celle de $290.75, disponible encore aujourd'hui et
rapportée à la tête de ce présent item.

Il était projeté, comme dans le cas de plusieurs autres chemins dans le territoire de l'Ottawa, de rouvrir ce chemin pour l'usage des voitures d'hiver seulement. Il a été complètement ouvert en chemin d'hiver, et près de deux milles et demi ont été parachevés de manière à servir au roulage.

M. Boa, sous la surveillance duquel les travaux de ce chemin ont été placés, ayant été très activement occupé à surveiller l'ouverture du chemin de Dalesville, aux Rapides de Beavan, n'a pu reprendre celui-ci dans le cours de l'été dernier.

La balance ci-dessus mentionnée devra être employée à en parachever ou améliorer quelque autre partie.

COMTÉ D'ARGENTEUIL.

Chemin de Crook's Mills.

Conducteur: HENRY MILWAY.

Montant approprié en 1856......................$400 00
Montant payé................................. 360 00

Balance restant....................$ 40 00

Ce chemin s'étend depuis Grenville à Montcalm, à travers Harrington. Sa longueur est d'à peu près 26 milles.

Une partie de ce chemin a été ouvert par les habitants d'Harrington, avant le temps où M. Milway a commencé à y faire travailler.

Onze milles sont propres à servir aux voitures d'été, un autre mille est seulement ouvert et ne peut servir qu'aux voitures d'hiver.

Trois milles et demi ont été complétés dans Grenville en 1857. C'est au 8ème rang entre les lots Nos. 11 et 22 de Grenville que M. Milway a commencé ces travaux, et c'est en arrière du 10ème rang, entre les Nos. 12 et 13, qu'il les a suspendus.

Tout l'ouvrage qu'a fait faire M. Milway ayant été de différente nature, comme réparations, pontages dans les bas-fonds et constructions de pont, M. Milway ne peut dire le prix moyen du mille de chemin.

Trois ponts comprenant ensemble une longueur de 135 pieds ont coûté $100.

La longueur des pontages et fascinages est de 1479 pieds et ont coûté $200; il en reste encore 1000 pieds à faire.

" Ce chemin a été verbalisé, mais il passe à travers une étendue de terrain de cinq milles appartenant au gouvernement, dont quatre milles sont encore à ouvrir, et, dit M. Milway, il n'a pas été pourvu à l'entretien du chemin." Comme ce chemin, d'après ce que dit M. Milway, a été verbalisé, je suppose que ce monsieur fait allusion ici à l'entretien de cette partie du chemin qui traverse les terres qui appartiennent à la couronne.

Le sol et les bois sont bons, mais le pays est montagneux.

Plusieurs colons se sont établis dans ces localités depuis que le chemin est ouvert et on en attend d'autres.

Les pouvoirs d'eau sont nombreux dans ces localités et la pierre à chaux y abonde.

La population a augmenté rapidement, dit M. Milway, dans les townships qui sont situés dans les profondeurs depuis que les chemins de colonisation sont commencés.

Il y a eu une grande quantité de pin d'exploité dans les environs de ce chemin, mais il en reste encore assez pour l'usage des colons.

M. Milway, en terminant son rapport, mentionne un fait qui a son importance et dont ceux qui se proposent de défricher doivent tenir compte : c'est que le blé, durant les trois premières années qui suivent le défrichement, n'est point attaqué par la cécydomie, ou mouche à blé.

COMTÉ D'ARGENTEUIL.
Pont sur la rivière Rouge dans Grenville.

Montant de l'appropriation de 1856, pour construire un pont sur la rivière Rouge dans le township de Grenville—la municipalité s'obligeant de pourvoir au déficit qui pourrait se trouver entre le montant approprié et le prix du pont, et de pourvoir aussi à son entretien.................... $4,000 00
Montant payé.. 2,592 40

Balance restant $1,407 60

Le conseil municipal de Grenville et Union s'étant chargé de faire construire ce pont et de l'entretenir à l'avenir, l'a donné à faire à l'entreprise à M. W. H. Ford, pour la somme de $3,000, sous certaines conditions de spécifications mentionnées dans un contrat passé pardevant M. H. Howard et son confrère ; laquelle somme de $3,000 devant être payée par ce bureau en trois termes différents, en paiements d'un tiers de la somme chaque fois et dont le dernier ne devait être fait qu'après la réception du pont, par experts. Les deux premiers paiements ont été faits ; mais les deux experts chargés de faire l'examen du pont ayant déclaré que sa construction n'est pas conforme aux stipulations établies par le contrat, le troisième et dernier paiement n'a pas été fait par ce bureau.

COMTÉ DE L'OTTAWA.
Chemin de Templeton.
Conducteur : JOHN CULLEN.

Balance de l'appropriation de 1854 .... $ 19 00
Montant approprié en 1857......................... 300 00

$319 00
Montant payé..................................... 160 00

Balance restant $159 00

Ce chemin a pour point de départ le moulin de Perkins, dans Templeton, se dirige vers la rivière Gatineau, à travers le township de Wakefield, et se termine sur le lot No. 7, dans le 9e rang de Wakefield, vis-à-vis l'église catholique, sur le Gatineau.

Sa longueur est d'à peu près 24 milles, dont 12½ sont maintenant ouverts. De ces 12½ milles, quatre ont été ouverts en 1857.

Onze milles du chemin ouvert sont dans Templeton et le reste, 1½, dans Wakefield.

Six milles sont praticables pour les voitures à roues ; mais aucune partie du chemin ouvert n'a été complétée.

Il a coûté $60 par mille.

Six ponts ont été construits, mesurant ensemble 257 pieds de pontage, et il en reste encore à faire.

Ce chemin ouvre une étendue de pays qui n'a pas encore d'issue.

Le terrain est rocheux et non uni, mais bon.

Les bois sont le pin et l'érable, ce dernier dominant.

Il existe dans les environs du chemin des pouvoirs d'eau et beaucoup de pierre à chaux.

La population dans Templeton et Wakefield paraît avoir augmenté de moitié depuis 4 ans.

Il reste encore beaucoup de bois de commerce dans ces townships.

La première gelée nuisible à la végétation est survenue dans ces localités vers le milieu d'octobre. La mouche à blé, dit M, Cullen, y est inconnue.

Il a été bâti une église catholique, l'an dernier au moulin de Perkins.

Une somme de $1,200 serait nécessaire pour compléter le chemin.

COMTÉ D'OTTAWA.

Chemin de la rivière du Désert.

Conducteur : PATRICK FARRELL.

Montant approprié en 1854	$3.600
Montant approprié en 1857	3,000
	$6,600
Montant payé	3,740
Balance restant	$2,860

La longueur projetée de ce chemin, d'à peu près 60 milles, devait commencer au nord d'Aylmer, dans le township de Hull, et se terminer à la rivière du Désert.

Mais pour des raisons mentionnées dans mon rapport de l'an dernier, page 68, version française, il a été décidé que l'ouverture du chemin serait commencée entre les lots Nos. 35 et 36, à (Brook's Farm,) dans le second rang du township de Low.

La distance de ce point jusqu'à la rivière du Désert, dans le township d'Egan, d'après le tracé de M. J. T. Roney, est de 47¼ milles.

La longueur de ce chemin, ouvert en 1857, est de 11 milles, dont 10¾ sont praticables pour les voitures d'été ; le reste l'est seulement pour les voitures d'hiver.

Le coût par mille en a été, terme moyen, de $188.

Quinze ponts, formant ensemble 1236 pieds de pontage, ont coûté $1157.

Il a aussi été construit 1500 pieds de pontage et fascinage, dont le coût a été de $559.

A part les ponts mentionnés ci-dessus, il en a été construit trente-et-un autres petits, pour conduire l'eau d'un fossé à l'autre, à travers le chemin, suivant que l'occasion l'exigeait.

" Relativement à la question que vous me faites, dit M. Farrell, au sujet de " l'entretien du chemin, j'ai à vous répondre que le township de Low a été tout " récemment organisé en municipalité et que la corporation se prépare à pour- " voir à l'entretien du chemin, autant que ses pouvoirs le permettront, et que les " colons du township d'Aylwin, quoiqu'ils ne soient pas encore sous le régime " municipal, ont néanmoins les mêmes intentions.

" Quant à la nature du sol, j'ai observé que le long des deux premiers " milles de chemin, il était de terre grasse et légère (*loamy*), avec un sous-sol " d'argile (*stiff clay*), et qu'ensuite il devenait graveleux et pierreux. Depuis la " fin du 7e jusqu'au commencement du 11e mille, le terrain est plus ou moins " sablonneux. Les bois varient suivant la nature du sol. Dans les bas-fonds, on " trouve l'épinette rouge, le cèdre et le sapin, et sur les hauteurs, différentes " espèces de bois franc, avec une assez grande proportion de pin ; mais le bois " franc prédominant sur les 8e, 9e et 10e milles, c'est le hêtre. Les colons disent " que le sol est de bonne qualité.

" Les avantages commerciaux de ce chemin ne s'étendent qu'à ceux qui ont
" le commerce du bois. Cependant, beaucoup d'autres industries s'établiront
" probablement lorsque le chemin sera terminé jusqu'à la rivière du Désert.

" Il est question déjà de construire des moulins, etc., le long du chemin ;
" mais les capitalistes n'osent pas s'aventurer dans de telles spéculations avant
" que le chemin soit complété.

" Les seuls pouvoirs d'eau qui existent auprès du chemin qui est complété
" sont : 1°. Celui qui est à un mille du commencement du chemin et sur lequel
" il y a déjà un moulin à scie de construit, et 2°. un autre très supérieur sur la
" ferme de M. Gilmour.

" Cependant, il en existe d'autres à des distances variant de deux à six
" milles du chemin.

" La somme qui, dans mon opinion, serait nécessaire pour compléter le che-
" min jusqu'à la rivière du Désert, est d'à peu près $6000.

" Tous les terrains avantageux dans le township de Wakefield, où je réside,
" sont déjà pris. Dans le township de Low, tous les terrains auxquels, sous les
" circonstances actuelles, les colons ont pu avoir accès, c'est-à-dire jusqu'à une
" distance de cinq à six milles de la rivière Gatineau, sont occupés, et quoique la
" terre dans l'intérieur, vers la partie ouest du township, est considérée comme
" étant d'une qualité supérieure à celle qui se trouve au front du township, cepen-
" dant, à cause du manque de chemins et de ponts, il n'y a aucune possibilité d'y
" transporter les provisions et autres choses nécessaires pour les besoins d'une
" famille qui voudrait y résider. Effrayés par ces obstacles, les immigrants, après
" avoir parcouru de longues distances à la recherche de terres, et attirés ici parce
" qu'ils ont entendu dire qu'il y avait de bonnes terres dans Low, ont été vus
" assez fréquemment s'en retourner, avec une apparence de découragement pour
" aller trouver ailleurs l'objet de leurs recherches.

" L'ouverture de ce chemin a réellement donné l'élan à la colonisation dans
" les localités qu'il a traversées. Tous les lots vacants le long du chemin ont été
" pris avec empressement pendant le cours des travaux, et même une partie con-
" sidérable du township de Hincks, située à l'est de la Gatineau, a été prise depuis
" la dernière récolte, et il en sera probablement ainsi sur toute la longueur du
" chemin au fur et à mesure qu'il sera ouvert.

" Le pin dans ces localités a été et continue à être exploité sur un grand
" pied. Il en reste encore une quantité plus que suffisante pour les besoins
" actuels et futurs, excepté pourtant dans Low où il en reste peu, que l'on pour-
" rait dire de bonne qualité.

" La mouche à blé a causé, l'été dernier, quelques dommages peu considé-
" rables et seulement au blé. Les premières récoltes, quoiqu'elles n'en aient point
" été exemptes, ont cependant moins souffert.

" La première gelée qui a attaqué les plantes tendres, telles que les melons,
" les concombres et les patates, est survenue dans Wakefield et Low, en 1856, le
" 28 août, et en 1857, le 6 septembre.

Il y a deux églises de construites sur la ligne de ce chemin : l'une à la rivière
du Désert, l'autre dans le township de Wright, toutes deux catholiques. Une
place d'église a été marquée dans le township de Low.

Pour autres renseignements sur la mission des Pères Oblats à la rivière du
Désert, *voir* mon rapport de l'an dernier, page 68, version française.

COMTÉ DE PONTIAC ET OTTAWA.
Chemin d'Onslow à Masham.
Montant approprié en 1854................ $900 00

Ce chemin n'ayant point été tracé, il était nécessaire de faire faire une
exploration pour le *localiser*. Cette exploration fut offerte à une personne qui

avait été recommandée comme très compétente pour la faire, mais elle refusa de l'entreprendre.

A une nouvelle application auprès de personnes capables de donner des renseignements sur les chemins qu'on se proposait de faire ouvrir dans le territoire de l'Ottawa, il fut suggéré d'en différer l'ouverture pendant quelque temps, afin de se procurer des renseignemens plus certains sur les personnes auxquelles l'exploration, le tracé et la confection des chemins pussent être confiées ; et rien n'a encore été décidé sur la ligne que devra suivre ce chemin.

COMTÉ DE PONTIAC.

Chemin du Calumet à la Rivière à la Tourte.

Balance restant en 1856......................... $218 35

Ce chemin commence sur la rivière Ottawa, près de chez Brizard, vis-à-vis l'église du Calumet, et se termine au lac à la Loutre, au dépôt de Messieurs Gilmour et compagnie, parcourant une distance de 20 milles. Il a été ouvert en 1854, en chemin d'hiver, l'espace de 12½ milles, et en 1855, plusieurs milles ont aussi été ouverts également en chemin d'hiver. Il a coûté à peu près $64 par mille. *Voir*, pour plus de détails, mon rapport du 23 février 1856.

COMTÉ DE GASPÉ.

Chemin de la Péninsule à l'Anse au Griffon, et de la Péninsule à la Grande Grève.

Conducteur : DAVID PHILIPPS.

1er Chemin.

Balance restant de l'appropriation de 1856,......... $ 19 75
Montant approprié en 1857..................... 600 00

$619 75
Montant payé... .... 619 75

2nd chemin.
De la Péninsule à la Grande Grève.

Balance restant en 1856......................... $ 5 75
Montant approprié en 1857..................... 600 00

$605 75

M. Philipps n'a fait travailler que dans le chemin de la Péninsule à l'Anse au Griffon. Ce chemin qui part de la Péninsule et se termine sur le bord du St. Laurent, a huit milles de longueur.

Le second commence aussi à la Péninsule et se termine à la Grande Grève, il a douze milles de longueur.

Le chemin de l'Anse au Griffon a été ouvert dans toute sa longueur en 1856, et 39 arpents ont été achevés dans la même année. Deux milles et ⅛ ont été parachevés en 1857, ce qui donne 3½ milles propres au roulage.

Onze ponts, mesurant ensemble 361 pieds de pontage, ont coûté à peu près $163.

La confection du chemin, sans y comprendre les ponts, a coûté $214 60 le mille.

" La colonisation," dit M. Philipps, " augmente rapidement sur ce chemin. Quatorze maisons ont été construites, cette dernière année sur ce chemin, et plusieurs autres l'ont été sur le chemin de la Grande Grève."

Pour compléter ces deux chemins, M. Philipps croit qu'il faudrait une somme de $3,400, sans comprendre les ponts, dont la construction est évaluée à

$1,200 ; mais en faisant un changement dans un des chemins (celui de la Grande Grève probablement), M. Philipps dit qu'on épargnerait la construction de quatre ponts considérables, dont l'un seulement coûterait $600. Pour plus amples informations, voir mon rapport de l'an dernier, page 40, version française.

COMTÉ DE GASPÉ.
Chemin de l'Anse à la Louise.
Conducteur : JOHN HURLEY.

Montant approprié en 1857..$600
Montant payé... 400

Balance restant...........................$200

Le chemin de "l'Anse à la Louise" est une continuation du chemin de poste de la Grande Grève, à travers une langue de terre, dans la direction du Cap Rosier et ensuite vers les établissements de "l'Anse au Griffon' et de la rivière au Renard. Il en a été complété six milles en 1857

Il a été construit deux ponts formant ensemble 165 pieds de pontage et qui ont coûté au-delà de $204. De plus il a été préparé du bois pour un troisième pont de trente pieds.

Je ne dois pas omettre de mentionner que bon nombre de colons, demeurant à une distance assez éloignée de ces ponts, sont venus avec leurs bêtes de somme, et ont transporté gratuitement, sur les lieux, les bois nécessaires.

M. Hurley me dit dans ses rapports, entre autres choses : " Les ponts sur " ce chemin ne seront pas considérables à l'exception d'un seul qui, pour le faire " solide, coûtera suivant moi de $160 à $200.

" Ce chemin étant de grande nécessité, je conseillerais qu'il fût construit " sans délai, car sans ce pont, ce chemin est impraticable. Il y a encore plu- " sieurs autres ponts qui, ensemble coûteraient $520 "

Toute l'étendue de terrain que traverse ce chemin est de la meilleure qualité possible et couvert de meilleurs bois.

Cette voie ouvrirait l'accès d'un bon et vaste terrain aux habitants des lieux voisins qui sont entassés dans les petites stations des pêcheries le long de la côte. Sur ce chemin on trouve plusieurs pouvoirs d'eau qui peuvent être utilisés.

En concluant son rapport du 14 novembre dernier, M. Hurley expose que deux ponts entre l'Anse au Griffon et la rivière au Renard (deux endroits où il se fait une somme d'affaires considérable) sont dans un état de détérioration complet, et devraient être reconstruits immédiatement pour éviter des accidents sérieux.

COMTÉ DE GASPÉ.
Chemin de la Pointe St. Pierre au Chien Blanc.
Conducteur : JOHN FAUVET.

Montant approprié en 1856...............................$320
    "   "   en 1857............................... 200

$520
Montant payé $500

Balance restant....................$ 20

Ce chemin qui commence à l'anse du Chien Blanc a été continué jusqu'à la Petite Pointe St. Pierre. Sa longueur projetée est de trois milles. Un mille et demi a été complété et un autre mille a été presque achevé, le tout en 1857.

Le coût du chemin complété a été d'à peu près $200 par mille, sans comprendre les ponts.

Huit ponts sont à faire, d'une longueur variant de 20 à 50 pieds et qui coûteront, dit M. Fauvet, $280.

Le terrain dans les environs du chemin est généralement bon et propre à la culture, mais les bois y sont rares.

Si ce chemin était prolongé jusqu'au Bois Brûlé (le long de la rive sud de la Baie de Gaspé), distance d'à peu près trois milles et demi il ouvrirait une belle étendue de terrain à la colonisation.

Une somme d'à peu près $220 piastres, suivant M. Fauvet, suffirait pour compléter cette partie du chemin qu'il a commencée l'an dernier, en sus ce qu'il faudrait pour les ponts.

Deux églises sont en voie de construction dans le township de Malbaie et celui de Douglass.

COMTÉS DE GASPÉ ET DE RIMOUSKI.
Chemin de Matane au Cap Chat

Montant approprié en 1856.................................$240
"   "   en 1857.................................1000

$1240

En conséquence d'instructions reçues du département dans une lettre datée du 20 juillet dernier, j'ai dû suspendre ces travaux jusqu'à nouvel ordre.

COMTÉ DE BONAVENTURE.
Chemin de Paspébiac--Chemin de Centre Street, de New Carlisle.
Conducteur : WILLIAM MACDONALD.

Montant approprié en 1856 pour ces deux chemins.......... $520 00
Montant pris sur l'appropriation de 1857................. 259 86

779 86

Montant payé............. .... $779 86

Le premier de ces chemins commence à celui de la reine, auprès de l'église catholique de Paspébiac, et se dirige en profondeur à trois milles.

Il a été ouvert jusqu'au ruisseau Bertrand, c'est-à-dire à un mille et demi.

Le second chemin s'étend depuis l'église épiscopale, dans New Carlisle, jusqu'à New Lake, et en profondeur à la base du township.

Il est aussi projeté de le continuer jusqu'à l'établissement de la rivière Bonaventure, distance d'à peu près six milles.

M. Macdonald a ouvert trois milles de ce chemin.

Pour faire ces deux chemins dans l'état où ils sont, M. Macdonald a pris sur lui d'excéder d'à peu près $280 le montant de l'appropriation.

D'après des informations obtenues à des sources très respectables, il a été établi que M. Macdonald avait agi de bonne foi et avec la plus stricte probité, et qui plus est, qu'il était désirable que l'ouvrage qu'il avait commencé dans ces deux chemins fut continué avec les fonds qui pourraient être par la suite appropriés pour des chemins dans le comté de Bonaventure, et en conséquence M. Macdonald a reçu le montant des dépenses excédant les appropriations pour ces chemins.

Comme je n'ai pas encore reçu de ce monsieur, ce que j'attribue à la lenteur des malles en bas de Québec, ses réponses à ma circulaire, il m'est impossible de donner de plus amples détails sur ces chemins.

COMTÉ DE BONAVENTURE.

Chemin de l'Eglise au Rapide Plat ; Chemin à travers la ferme McCraken ;
Chemin dit " Route Moreau ;" Chemin dit " Route Placide Bugeole."
Conducteur : N. CAVANAGH.

Montant approprié en 1856, pour chemins dans Hamilton. $430 00
Montant payé...................................... 480 00

Cette somme de $480 a été répartie d'après les suggestions du conseil municipal d'Hamilton, dans sa séance du 7 septembre 1857, comme suit :

Pour le 1er chemin................................. $320 00
Pour le 2nd   " 40 00
Pour le 3me   " 40 00
Pour le 4me   " 80 00

$480 00

Le chemin depuis l'église au rapide Plat a deux lieues de longueur. " On y " passe," dit M. Cavanagh, " mais il est loin d'être fini ; cependant, tel qu'il est, " il est d'un grand avantage pour les résidents."

M. Cavanagh a employé dans ce chemin $40 de plus que l'appropriation. Il pense qu'il faudrait une pareille somme pour l'achever.

Le second chemin, savoir: la route McCraken, pour lequel une somme de $40 a été appropriée, n'a pas été ouvert, M. McCraken, sur la terre duquel cette route devait passer, s'étant opposé à sa confection. M. Cavanagh a cru ne devoir pas insister et a pensé qu'il pouvait employer ces $40 sur le premier chemin, ce qui devra être un objet de considération ultérieure.

Dans le troisième chemin, appelé route Moreau, $40 ont été employées, et avec cette somme 10 ou 12 arpents ont été ouverts.

M. Cavanagh croit qu'il ne faudrait pas moins de $600 pour compléter cette route.

Le terrain, le long de cette route, est bon, excepté dans quelques petites savanes qu'on y rencontre. M. Cavanagh ajoute que cette route est très nécessaire, les propriétaires n'ayant pas de chemin pour aller sur leurs terres.

Dans le quatrième chemin, route Bugeole, avec les $80 qui y ont été dépensées, il en a été ouvert 18 arpents. Ce chemin, comme celui du rapide Plat, est de la plus grande nécessité, les habitants du second rang n'ayant aucun chemin de sortie.

M. Cavanagh croit que $200 seraient nécessaires pour compléter ce chemin.

'COMTÉ DE BONAVENTURE.

Chemin dans New-Richmond.

Conducteur : JOHN DODDRIDGE.

Montant approprié en 1856........................... $600 00
Montant payé...................................... 200 00

Balance restant.................................... $400 00

Ce chemin est une voie de communication entre la 4e et 6e concession du township de New-Richmond ; la moitié de cette route a été ouverte l'automne dernier.

Le terrain dans cette partie de New-Richmond est très propre à former des établissements.

Le sol est riche. Les bois sont le merisier, le cèdre, l'épinette et le sapin. Ce chemin ouvrira à la colonisation le 7e rang de New-Richmond qui se trouve entre les deux rivières, la petite et la grande Cascapédiac, dont le terrain est uni.

M. Doddridge m'informe que l'on trouve auprès du chemin dont il a conduit les travaux une "substance blanche dont on se sert pour blanchir," etc., etc. C'est probablement un carbonate de chaux. La marne aussi est, dit-il en abondance sur le bord de deux lacs dans les environs desquels passe ce chemin.

La pierre à chaux est abondante sur les caps noirs de New-Richmond.

On trouve aussi de l'ardoise et du minerai de fer sur les bords de la grande rivière Cascapédiac.

M. Doddridge dit que les chemins qu'a fait ouvrir le gouvernement dans les townships voisins de New-Richmond, ont été de grandes améliorations et ont donné beaucoup d'encouragement aux cultivateurs.

M. Doddridge n'est pas certain du jour où la première gelée, assez intense pour nuire à la végétation, est survenue, mais il croit que c'est au commencement de septembre dernier.

A peu près $120 suffiraient pour compléter cette route.

COMTÉ DE BONAVENTURE.

Pont de Mann's Brook.

Conducteur : JOHN G. FAIR.

Balance de l'appropriation de 1855, pour le comté de Bonaventure $148 25
Montant payé 148 25

Cette balance a été appropriée pour construire un pont sur Mann's Brook.

Le 2 décembre dernier M. John G. Fair m'a écrit qu'il avait donné avis que le 18 novembre dernier la construction de ce pont serait donnée à l'entreprise par une criée au rabais, et qu'il ne s'est présenté aucun entrepreneur.

Conséquemment la construction de ce pont a due être remise à un autre temps.

P. S.—Depuis que ce qui précède a été écrit, une lettre de M. Fair, reçue ici le 6 de ce mois, m'informe que ce pont a été donné à l'entreprise pour la somme de $200 et que vu que la somme disponible n'est que de $148, quelque intéressé s'est engagé à pourvoir au déficit.

COMTÉ DE RIMOUSKI.

Chemin de Fleurian.

Conducteur : L. H. LE BEL.

Balance restant de 1856 .... $180 00
Montant approprié en 1857 .... 300 00

$480 00
Montant payé 440 00

Balance restant .... $ 40 00

Vingt arpents et demi ont été ouverts en 1856, et 52 arpents en 1857. Toute cette étendue de chemin peut être pratiquée par les voitures d'été. Trois ponts, comprenant tous trois 299 pieds de pontage, ont été construits.

Voici ce que dit, entre autres choses, M. Le Bel dans son rapport :

" Le terrain auprès du chemin est de très bonne qualité et boisé en merisier,
" érable, pin, épinette. Plus de cinquante jeunes gens ont déjà pris des terres
" le long et chaque côté du chemin, et je puis dire avec assurance que les terres
" se prendront à mesure que le chemin se prolongera. Plus de cent lots ont été

" pris cette année et l'année dernière dans le township Fleurian où doit aboutir le
" chemin, et les travailleurs sous ma surveillance ont presque tous marqué des
" endroits dans le dit township, qu'ils se proposent de prendre lorsque le chemin
" sera rendu à sa destination.

" Ils m'ont tous dit que ces terres sont supérieures à celles qui sont actuelle-
" ment occupées dans les dernières concessions établies de la seigneurie ; fait
" que je puis constater moi-même par les connaissances que j'ai acquises de ces
" lieux lorsque j'ai fait l'arpentage de ce township. Nul doute que toutes les
" bonnes terres qui deviennent accessibles au moyen du chemin de Fleurian
" vont être de suite prises et occupées par les jeunes gens de ce comté, qui ne
" trouvent presque plus moyen de s'établir dans les seigneuries dont les terres
" sont ou concédées ou de mauvaise qualité.

" Il y a, à ma connaissance, cinq maisons de bâties dans le township Fleu-
" rian depuis un an, et je suis informé par des personnes dignes de foi, qu'il a
" été semé cette année plus de cent minots d'orge dans ce township, et qu'un
" demi lot de terre y a été vendu $72.

" Dans ce qui reste à faire depuis le terminus du chemin au township de
" Fleurian, on rencontre la rivière Neigette, sur laquelle un pont est indispen-
" sable. Ce pont devra avoir 90 pieds de pontage, et coûtera à peu près $240.

COMTÉ DE RIMOUSKI.

Chemin de St. Simon.

Conducteur : CHS. FRS. CARON.

Balance restant de 1856......................................	$ 52
Montant approprié en 1857	400
	$452
Montant payé	452

Le chemin de St. Simon, tel que projeté, doit avoir 10 milles.

En 1857, 83½ arpents ont été ouverts, dont 23 ne sont praticables que pour
les voitures d'hiver, le reste étant propre au roulage.

Son point de départ est à six ou huit arpents du front du 3e rang de la seigneurie Nicolas Rioux, et se continue à travers les 4e, 5e et 6e rangs, et quelques
arpents sur le 7e rang.

Il en reste à faire 3½ milles dans la seigneurie Rioux et 1½ sur les terres de
la couronne, pour atteindre le chemin que l'on se propose d'ouvrir dans une ligne
parallèle au St. Laurent. Cinq ponts formant 260 pieds de pontage, et de 5 à 6
pieds de hauteur, ont été construits et ont coûté, en tout, environ £10. Il en reste
encore un, de cent pieds de longueur et 7 ou huit pieds de hauteur, à faire dans
les 23 arpents défrichés en chemin d'hiver. Le chemin fait en 1856 n'est pas
encore verbalisé.

Les terres que traverse le chemin sont bonnes, et M. Caron croit que celles
qui sont plus en profondeur sont de meilleure qualité encore ; les bois qui y
croissent étant le merisier, l'érable et autres bois francs, annoncent un sol riche.

Ce chemin ouvre à la colonisation une vaste étendue de bonnes terres, et, dit
M. Caron, " si ce n'était le coût exorbitant des terres dans la seigneurie Nicolas
" Rioux, il serait déjà garni dans toute sa longueur de nouveaux établissements ;
" mais aussitôt qu'il aura atteint les terrains de la couronne, la colonisation pren-
" dra essor rapide, car alors les terres s'obtiendront à des conditions plus faciles."

Il existe, sur le quatrième rang, un excellent moulin à farine. Il y a, de plus,
d'excellents pouvoirs d'eau sur les 5e, 6e et 8e rangs.

Il y a une carrière de pierre à chaux entre les 5e et 6e rangs.

Malgré le prix élevé des terres dans la seigneurie Rioux, il y a déjà, depuis deux ans que ce chemin a été commencé, un grand nombre de colons qui ont fait défrichement sur la 5e concession, où quelques uns de ces colons sont maintenant résidants.

Les bois de construction ont déjà été exploités, le pin et l'épinette surtout, mais il paraît qu'il en reste assez pour répondre aux besoins de la localité.

Un fait digne de remarque et que rapporte M. Caron, c'est qu'il n'est arrivé dans les environs de ce chemin aucune gelée nuisible à la végétation, depuis qu'on sème (depuis 5 ans).

Dernièrement l'autorité religieuse a érigé en paroisse les 3e, 4e, 5e et 6e rangs de la seigneurie Nicolas Rioux.

Le coût de ce chemin a été, terme moyen, de $160 par mille.

Pour atteindre le chemin parallèle au St. Laurent, mentionné plus haut, il faudrait un nouvel octroi de $1000.

COMTÉ DE TÉMISCOUATA.

Chemin de Bégon.

Conducteur : THOMAS P. PELLETIER.

Montant approprié en 1857 .... $5000
"   payé.. 5000

La longueur projetée de ce chemin est de 30 milles ; 18 milles en ont été tracés. Son point de départ est la ligne de division entre le township Bégon et la seigneurie des Trois Pistoles ; deux milles et six arpents ont été ouverts en 1852 : 50 arpents ont été parachevés de manière à servir aux voitures d'été, et 12 arpents ont été ouverts seulement.

Dans la seigneurie des Trois Pistoles, il y a deux milles de chemin à faire pour communiquer avec celui commencé dans le township Bégon.

Le coût par mille en a été de $184, sans y comprendre les ponts.

Trois ponts, dont un de 93 pieds de pontage, ont été construits.

Le terrain dans Bégon est regardé par M. Pelletier comme étant d'une qualité supérieure, quoique les bois dominants soient l'épinette, le pin, le sapin et le bouleau.

Il y a quelques pouvoirs d'eau aux environs du chemin.

M. Pelletier croit que $1600 suffiraient pour compléter la partie de ce chemin qui a été tracé, et qu'il faudrait à peu près une somme égale pour faire les 12 milles qui n'ont pas encore été explorés ni tracés. Jusqu'au moment où on a commencé à ouvrir ce chemin la colonisation dans ce township avait fait peu de progrès, mais depuis, beaucoup de jeunes défricheurs y ont commencé des établissements.

Les bois propres au commerce, principalement le pin, ont été exploités dans la partie que traverse ce chemin, mais M. Pelletier pense qu'il en reste suffisamment pour les besoins actuels et futurs de la localité.

Il n'y a pas encore d'église de construite dans le township de Bégon, mais le lieu où elle doit l'être a été établi.

M. Pelletier dit que la valeur de la propriété foncière dans Bégon a augmenté de 25 pour cent depuis que l'ouverture de ce chemin a été commencée.

M. Pelletier m'a fait sur ses travaux un excellent rapport dont je crois devoir citer l'extrait qui suit :

" Ce chemin est d'une consistance solide et d'une surface accidentée de " quatre collines à pente douce. Sur cette distance il y a six arpents de pontage " et seize arpents de fossés. Environ deux milles sont propres aux voitures à " roues ; cependant, il ne peut encore être d'aucune utilité durant l'été, vu que la " route de la quatrième concession de la seigneurie des Trois Pistoles, qui con- " duira à ce township, n'est pas encore faite.

"Les habitants de cette concession, qui sont nombreux et encore pauvres,
"ayant déjà ouvert une route sur la troisième concession, n'ont pas les moyens
"d'ouvrir celle qui nous prive aujourd'hui de la partie faite du chemin de Bégon.

"Le sol de ce township, qui a été arpenté à une profondeur de dix-huit
"milles, est tout cultivable et d'une qualité supérieure, à commencer à la qua-
"trième concession; et il n'y a aucun doute que si ce nouveau chemin de colo-
"nisation est continué incessamment, le township de Bégon sera en peu d'an-
"nées un riche township agricole.

"Les cultivateurs m'ont dit avoir récolté l'an dernier de 1000 à 1500 bottes
"de foin, et de 250 à 400 minots de grain. Pour ma part, je puis dire que j'y ai
"vu des champs de la plus belle apparence et de riches prairies.

"Vous me permettrez d'ajouter, pour vous donner une idée de l'urgente né-
"cessité de ce chemin, qu'il y a déjà onze ans que le premier colon alla s'y éta-
"blir; d'autres l'habitent depuis cinq et six années, sans parler du grand nombre
"qui ont commencé des défrichements depuis qu'il y a un chemin en voie de
"confection. Ainsi, pendant des années, ces vaillants défricheurs ont été obligés
"de porter sur leur dos leurs provisions, leur grain de semence, en un mot, toute
"chose indispensable à un nouveau colon.

"C'est sur le haut de ce township qu'existent les plus belles sucreries du
"comté de Témiscouata; ainsi, malgré le manque de communication jusqu'à ce
"jour, on y fait, chaque année, de 80,000 à 100,000 livres de sucre.

"La partie inférieure du township est boisée de pin, sapin, épinette, merisier
"et bouleau. Il y a aussi plusieurs pouvoirs d'eau, dont l'un sera utilisé, je
"pense, dès le printemps prochain.

"Aussitôt que le chemin sera ouvert jusqu'aux principaux établissements,
"sur la quatrième concession, on se propose d'y demander une chapelle."

COMTÉ DE TÉMISCOUATA.
Chemin de L'Ile Verte.
Conducteur: J. Et. Fraser.

Montant approprié en 1857	$300.00
Montant payé	260.00
Balance restant	$ 40.00

La longueur du chemin ouvert en 1857, par M. Fraser, est de quarante-
arpents, sur une largeur de douze à quinze pieds.

Il a aussi construit quatre ponts dont les pontages s'élèvent à 217 pieds, et
fait 1604 pieds de pontages, dont la plus grande partie est sur lambourdes.

Les réponses de M. Fraser à ma circulaire ne me sont pas parvenues, de sorte
que je ne puis donner autant de détails sur ce chemin que je l'aurais désiré.

Néanmoins, dans son rapport du 9 septembre, M. Fraser dit "qu'une partie
"du terrain que traverse ce chemin est sur un monticule, dont la surface est cou-
"verte de cailloux, etc., etc.

"Cependant, le bois y est de diverses sortes et d'une hauteur à faire croire
"que le sol est de la meilleure qualité."

COMTÉ DE TÉMISCOUATA.
Chemin de St. Eloi.
Conducteur: Chs. Thériault.

Montant approprié en 1857	$300.00
Montant payé	300.00

La longueur projetée de ce chemin est d'environ cinq milles et doit traverser une partie du township de Denonville, situé en arrière de St. Eloi. Un mille et demi en a été complété de manière à être praticable pour les voitures d'été, et environ deux milles de plus peuvent servir aux voitures d'hiver. Ce chemin est une continuation de celui ouvert par M. Lepage.

La partie de chemin que M. Thériault a parachevé a coûté $207.40 par mille sans y comprendre les ponts. Il y a un pont à faire sur la rivière Mariquaiche.

D'après les connaissances qu'a M. Thériault des terrains que traverse ce chemin et de ceux qui lui sont adjacents, il croit qu'il y a à peu près une lieue quarrée de terrain de la meilleure qualité et sur lequel le chemin passe, et que si sa longueur projetée était complètement ouverte, on en rencontrerait encore autant. Le terrain est cependant un peu rocheux.

Les 1er, 2e et 3e rangs du township Denonville sont de moindre valeur, et c'est du 4e rang et en allant dans les profondeurs du township que l'on trouve les meilleures terres. Sur ces meilleures terres les bois francs, tels que l'érable et le merisier, sont les plus abondants.

Il existe un excellent pouvoir d'eau sur la rivière Mariquaiche, et un autre sur le ruisseau "Ferré," auprès du chemin. Il en existe encore d'autres sur la rivière Sénescoupe, à deux milles de l'extrémité du chemin (tel que projeté) de St. Eloi.

Sur la rive nord de la rivière Mariquaiche, on trouve une carrière de pierre à chaux.

Jusqu'à ce que M. Thériault ait commencé ses travaux, la colonisation dans le township de Denonville avait fait peu de progrès, mais il ajoute que depuis qu'on a entrepris de faire un chemin qui donne lieu de croire qu'on atteindra les bonnes terres du township le nombre des colons s'est augmenté.

Les bois de construction, le pin surtout, ont été exploités partout sur la ligne de ce chemin, sur les terrins adjacens et même au-delà du township Denonville. Il en resterait cependant assez pour les besoins des colons si les chantiers étaient discontinués.

M. Thériault croit que $800 suffiraient pour compléter ce chemin.

COMTÉ DE TÉMISCOUATA.

Chemin de Viger.

Conducteur : Ls. Michel Lapointe.

Balance restant de 1856..........................	$300.00
Montant approprié en 1857.......................	$600.00
	$900.00
Montant payé	900.00

Les réponses de M. Lapointe à ma circulaire ne m'étant pas encore parvenues, je ne puis donner de détails sur ce chemin.

Il apparaîtrait, cependant, d'après les rapports de M. Lapointe qu'il aurait fait au-delà de 3 milles de ce chemin en 1857.

Il a aussi construit 9 ponts, mesurant ensemble 203 pieds de pontage.

Extrait d'un rapport de M. Lapointe :

"Je ne vois rien à ajouter à ce que j'ai dit dans mes rapports précédents sur "la qualité du sol. Quant à ce que je connais personnellement, la huitième et la "neuvième concessions sont composées de bonnes terres. Et par le rapport des "personnes qui connaissent les terres les plus éloignées, principalement de celles "qui exploitent les sucreries situées sur les 10ème, 11ème et 12ème concessions, "il n'y a pas un pouce de terre inférieure dans tout ce parcours de terrain, par- "tant du pont sur la Mariquaiche jusqu'au lac Témiscouata, à celles que j'ai ex- "ploitées moi-même."

COMTÉ DE TEMISCOUATA.

Chemin de Whitworth.

Conducteur, N. Miville.

Balance restant de 1856	$ 400 00
Montant approprié en 1857	1000 00
	$1400 00
Montant payé	1400 00

Ce chemin, dont le point de départ est le 13e lot du 3e rang de Whitworth, et dont le chemin du lac Témiscouata doit être le terme, aura de 12 à 15 milles de longueur.

Environ 4 milles et 2 arpents ont été ouverts l'an dernier.

Aucune partie de ce chemin n'a été parachevée ; cependant, quatre milles sont praticables pour les voitures d'été ; le reste ne l'est que pour les voitures d'hiver.

Le coût de ce chemin a été de $280 à 300 par mille.

Trois ponts ont été construits, dont l'un de 141 pieds de pontage, un autre de 86 pieds, et le troisième de 44 pieds. Le premier a coûté $100, le second $40, et le troisième $20.

Dix arpents ont été pontés ou fascinés.

Les 3e, 4e, 5e, 6e et 7e concessions de Whitworth sont rocheuses, mais le sol en est bon. On y trouve le pin, l'épinette, le cèdre, le sapin, le bouleau, le frêne et l'aulne dans les bas-fonds.

Les 8e, 9e, 10e, 11e et 12e concessions sont d'une qualité supérieure et bien boisées en érable, merisier, hêtre, etc.

Un bon nombre de lots situés sur le chemin sont déjà pris par des jeunes gens. Il y en a même de pris aussi sur la 9e concession, quoique le chemin ne soit pas encore ouvert jusque là, " ce qui prouve, dit M. Miville, la bonne " disposition de nos jeunes gens à coloniser, lorsque le gouvernement fait faire " des chemins qui se dirigent vers d'aussi belles terres que celles dont je vous ai " parlé."

M. Miville pense que ce chemin peut être continué jusqu'au chemin du lac Témiscouata sans de grandes dépenses ; il pense qu'une somme de $2400 à 4000 serait suffisante pour confectionner le chemin jusqu'à ce point.

La colonisation a progressé d'une manière remarquable dans le township de Whitworth

La paroisse de Ste. Modeste, faisant partie de ce township, commence déjà à ressembler à une ancienne paroisse par le nombre et l'état de ses fermes.

Les bois ont été exploités dans ce township et ceux qui l'avoisinent, par des spéculateurs. Le bois de pin est celui qui a été le plus exploité, ensuite l'épinette, et enfin le sapin. Il en reste encore en petite quantité, d'une qualité inférieure, et qui pourra peut-être suffire aux besoins actuels et futurs des lieux.

"Je ne puis m'empêcher," dit M. Miville, de vous observer que, pour l'avan- " tage de la colonisation, il aurait bien mieux valu que ce commerce n'eût jamais " eu lieu.

"Dans le township que j'habite, ainsi que dans les townships adjacents, " ajoute M. Miville, il ne gèle pas plus tôt que dans les seigneuries qui les avoi- " sinent (situées sur les bords du St Laurent). C'est au commencement d'octobre " que surviennent les premières gelées dans les bas-fonds."

Il y a une chapelle nouvellement construite dans le township Viger, sous l'invocation de St. Epiphane.

La valeur de la propriété foncière dans Whitworth et les townships voisins, parait avoir augmenté d'un tiers depuis ces dernières années.

COMTÉ DE KAMOURASKA.
Chemin de Pohénégamook.
Conducteur, JOSEPH ROY.

Montant approprié en 1857......................$1200 00
Montant payé 1194 15

Balance restant...................................$ 5 85

La longueur de ce chemin est de 29 milles, y compris ses deux embranchements de Ste. Hélène et St. Alexandre.

Dans mes précédents rapports, j'ai donné de bien amples détails sur ce chemin ainsi que sur les bois et les sols qui se trouvent sur sa ligne et dans ses environs. Et je prends la liberté d'y référer.

Dans le cours de l'été dernier, trois milles de ce chemin, dans l'embranchement de St. Alexandre, ont été parachevés, et deux milles et un quart l'ont été dans la partie du chemin proprement dite de Pohénégamook. De plus, un quart de mille a été simplement ouvert.

L'étendue du chemin maintenant ouvert et complété est de 19¼ milles, savoir : 2½ milles dans le township de Pohénégamook, 6 milles dans celui de Parke, et 3⅓ dans la seigneurie de la Rivière du Loup, et 7 milles dans Bungay.

L'embranchement de St. Alexandre est complété dans toute sa longueur qui est de 9½, et 6 milles ont été aussi parachevés dans celui de Ste. Hélène.

Le coût de ce chemin, terme moyen, est de $260 par mille

Douze ponts formant ensemble une longueur de 381 pieds, ont été construits en 1857 et ont coûté $180 ; il en reste encore quatre à faire.

L'embranchement de St. Alexandre est la seule partie de ce chemin qui ait été verbalisé.

Aux renseignements que j'ai donnés dans mes précédents rapports, M. Roy me fournit l'occasion d'ajouter que le lac Pohénégamook communique avec la rivière St. Jean, par une petite rivière navigable.

Il y a beaucoup de bois propres aux constructions rurales et au commerce dans les townships ci-dessus nommés. Le pin en a cependant été enlevé en plus grande partie ; mais il reste assez de tous autres bois pour les besoins des colons.

M. Roy croit que la somme de $4400 serait nécessaire pour compléter ce chemin et construire les ponts, dont un sur la Rivière du Loup.

COMTÉ DE KAMOURASKA.
Chemin de Woodbridge.
Conducteur, J. BTE. MARTIN.

Mantant approprié en 1857......................$400 00
Montant payé 392 77

Balance restant...................................$ 7 23

L'ouverture de ce chemin a été commencée en 1853, sous la surveillance immédiate de l'hon. commissaire des terres, et continué en 1854, sous la mienne.

Ce chemin commence à la 5e concession de la seigneurie de Kamouraska, et a été ouvert (mais non complété) en 1854 jusqu'au milieu du 3e rang de Woodbridge.

En 1857, il en a été amélioré 1 mille, 30 chaînes et 87 mailles, et près d'un demi mille a été complétement fini.

Toute l'étendue de Woodbridge est propre à l'agriculture. La partie la plus basse est couverte de bois mêlé, mais sur la partie supérieure, l'érable est le bois dominant et le sol y est d'une qualité supérieure.

" Ce township offre de grands avantages a la colonisation, dit M. Martin,
" par sa proximité des anciens établissements et par la qualité de son sol," et il
recommande sa continuation en profondeur, vu que les terres y sont d'une qualité supérieure

Il existe plusieurs pouvoirs d'eau, près du chemin.

Malgré le mauvais état du chemin causé par défaut d'entretien, la colonisation a progressé dans Woodbridge.

Le coût de ce chemin est d'à peu près $400 par mille.

COMTÉ DE KAMOURALKA.

Chemin de Mont-Carmel.

Conducteur: M. Nicolas Boucher.

Balance de l'appropriation de 1856...................... $120 00
Montant approprié en 1857 .... 800 00

$920 00
Montant payé............................... ...... 905 88

Balance restant .... $ 14 12

D'après les excellents rapports que m'a transmis M. Boucher et autres renseignements, ce chemin conduirait à une étendue de terre très avantageuse pour la colonisation.

Voir mes rapports sur les travaux de 1854, 1855 et 1856, dans lesquels j'ai donné des détails longs et très intéressants, extraits de ceux que m'a transmis M. Boucher, sur les terrains et les bois, etc., etc., que l'on trouve sur le chemin du Mont-Carmel et dans dans ses environs.

A part un détour de six arpents et demi de long que M. Boucher a fait faire dans le chemin, pour éviter un obstacle sérieux, et la construction de deux ponts, chacun de 50 pieds de pontage, M. Boucher n'a été employé qu'à parachever ce qui, dans ce chemin, n'avait été qu'ébauché ou incomplètement fait dans les années précédentes. Il a eu aussi à s'occuper à égoutter le chemin en quelques parties.

" En suivant les rives du lac, le nouveau chemin dont j'ai recommandé
" l'ouverture, dit M. Boucher, ne sera que de quatre milles, sur le sol le plus uni
" et le plus propre à l'ouverture d'une bonne voie de communication. Il ne s'y
" rencontre pas une seule côte, et partout les terres sont propres à la culture.

" M. Desrochers, arpenteur provincial qui divise actuellement en lots le
" township " Chapais," où se trouvent le chemin et le lac, approuve et recom-
" mande fortement la continuation du chemin dans cette direction.

" Comme je l'ai déja dit dans mes rapports précédents, l'espace qui se trou-
" ve entre les deux rivières du Loup est à peine praticable pour les voitures d'été.
" Il reste à faire là beaucoup d'ouvrage. Il y a d'énormes pierres à casser et une
" grande partie du chemin à niveler. Ces travaux sont les premiers qui devront
" être faits, vu que cette partie de la route est la plus rapprochée des anciens éta-
" blissements et la plus fréquentée.

" Je pense qu'il faudra deux cents louis pour terminer le tout, y compris
" quelques ouvrages indispensables du côté du sud du pont de la Grande Rivière
" du Loup qui devront également être repris et faits plus solidement. C'est
" un sol bas qu'il faudra soulever au moyen de fascines et de terre prise de cha-
" que côté dans les fossés.

" Dans l'estimé ci-dessus l'ouverture du chemin le long du lac n'est pas
" comprise."

COMTÉ DE KAMOURASKA.
Chemin en arrière de Ste. Anne Lapocatière.
Conducteur: MAURICE BOSSÉ.

Montant approprié en 1856................................	$ 800 00
do do en 1857............................	400 00
	$1200 00
Montant payé	924 75
Balance restant...............................	$275 25

Le chemin Chapais, en arrière de Ste. Anne, part de la ligne qui sépare les terres de Charles Dubé et Bruno Ouellet, entre les 2e et 3e rangs du township d'Ixworth, traverse ce township ainsi que celui de Chapais, et se termine à la ligne provinciale.

Sa longueur est de 22¾ milles. Il en a été ouvert, l'an dernier, 4 milles et 16 arpents qui peuvent servir aux voitures d'été, quoique difficilement, en conséquence du défaut d'égoût.

Le coût en a été d'à peu près $280.

Il a été fait quelques ponts peu considérables, mais il en reste un à faire, d'environ 100 pieds de long, sur la rivière Ouelle.

Voici les renseignements que donne M. Maurice Bossé sur les terrains adjacents à ce chemin :

" Depuis ce chemin jusqu'au township de Woodbridge, en courant vers le " nord-est, les terrains jusqu'à la ligne provinciale sont tous propres à être défri- " chés et sont richement fournis de pins et autres bois. Il y a aussi plusieurs " érablières qui sont exploitées comme sucreries ; mais depuis le dit chemin en " courant au sud-ouest, il y a des terres rocheuses avec plusieurs côteaux, en " gagnant Ashford, sur une profondeur d'environ quarante arpents, et cette partie " est bien propre à être défrichée ; mais elle est fournie de bois de commerce, " tels que pin, épinette, et il s'y rencontre aussi de belles sucreries, dont une " partie est actuellement exploitée ; et excepté cette partie rocheuse et ondulée, " le terrain jusqu'à la ligne provinciale est uni et propre à être mis en culture.

" Il y a sur les terres de la couronne, et à une distance d'à peu près un mille " au sud-ouest du chemin ouvert l'année dernière, un puissant pouvoir d'eau sur " lequel se trouve un moulin à scie, bâti il y a plusieurs années, qui a fourni " beaucoup de planches et de madriers au commerce ; mais qui a été négligé " depuis quelque temps, parce que le propriétaire n'ayant pas les moyens d'ou- " vrir un chemin de roulage pour y communiquer pendant l'été, ne pouvait des " cendre le bois qu'en hiver, ce qui causait du retard à telle exploitation. Il y a " sur la même rivière deux autres pouvoirs d'eau, capables d'alimenter des mou- " lins à farine ou autres manufactures."

Les colons, avec l'aide de M. le curé de Ste. Anne, ont construit, l'an dernier, dans le township d'Ashworth, une église dans laquelle on célèbre les offices tous les dimanches.

M. Bossé estime à $2,100 la somme nécessaire pour achever ce chemin.

COMTÉ DE L'ISLET.
Chemin d'Elgin.
Conducteurs: P. G. VERREAULT.

Balance restant de 1856	$ 59 95
Montant approprié en 1857	1200 00
	$1259 95
Montant payé	1259 95

La longueur projetée de ce chemin est de 26 milles.

Deux milles et seize arpents ont été ouverts en 1857.

La longueur totale ouverte et praticable pour les voitures d'été est de onze milles, mais il est ouvert pour les voitures d'hiver dans tout le reste de son étendue.

Il suit la ligne de division entre les townships Ashford, La Fontaine et Dionne d'un côté, et de ceux de Fournier, Garneau et Casgrain de l'autre côté.

Le point de départ de ce chemin est en arrière de la seigneurie St. Roch sur le lot No. 27, du 1er rang d'Ashford, et il se termine à la ligne provinciale. La partie parachevée se termine au sud du petit lac noir.

Le coût de tout ce qui a été parachevée est de $560, terme moyen, par mille, sans les ponts.

Il n'est pas verbalisé.

M. Verreault pense qu'il faudrait encore $11,800 pour le compléter.

La plus grande partie des lots situés sur le chemin sont pris ; les défriche-ments y sont commencés et les maisons y ont été construites.

Le pin a été beaucoup exploité dans les townships ci-dessus nommés ; il en reste peu.

" Les personnes établies sur le chemin d'Elgin, dit M. Verreault, sont satis-faites de leurs récoltes de grains et de patates, qui n'ont nullement souffert de la maladie ni de la gelée.'

Ce qui prouve le progrès dans les environs du chemin ainsi que l'augmenta-tion de la population, c'est qu'on bâtit actuellement une église au 4ème rang de St. Roch, et qu'une autre a été construite, l'été dernier, au 3ème rang de St. Jean Port Joli.

Quant à la qualité des bois et des terrains, voyez mon premier rapport, page 26, version française.

Les accidents du terrain, dit M. Verreault, sont rares, à ce point que la route, une fois terminée, s'étendra en ligne droite l'espace de dix lieues. Ce sera, me dit M. Fournier, M.P.P., la route la plus droite de la province.

" De nouveaux abattis ont été faits cette année. M. E. Morin, établi sur les bords du lac Noir, a fait cet automne une très belle récolte.

La nouvelle que le gouvernement allait faire ouvrir une route parallèle au fleuve, à une certaine distance dans les terres, paraît vivement intéresser les gens et les encourager à ouvrir de nouveaux établissements.

" La route Elgin se prolonge en chemin d'hiver jusqu'à la ligne frontière, et de là jusqu'aux établissements de M. Carey, sur la rivière St. Jean. L'année dernière, M. Carey a récolté, me dit on, 900 minots d'avoine. Lorsque le grand chemin parallèle que le gouvernement paraît avoir intention de faire construire sera ouvert, et que la route Elgin aura ouvert une communication avec la rivière St. Jean, il est permis d'espérer que dans un avenir prochain, cette route sera pour nos endroits un débouché important de commerce et de colonisation."

COMTÉ DE MONTMAGNY.

Chemin en arrière de St. Pierre.

Conducteur : ANTOINE TALBOT.

Balance de l'appropriation de 1856	$117 30
Montant approprié en 1857	800 00
	$917 30
Montant payé	904 05
Balance restant	$ 13 25

En 1857, deux milles et demi ont été ouverts, ce qui, joint à ce qui a été fait antérieuement, donne maintenant à ce chemin une étendue de deux lieues et demie, moins cinq arpents, dont 2½ milles sont praticable pour voitures d'hiver, et le reste pour les voitures à roues, suivant le dernier rapport de M. Talbot qui, l'an dernier, a amélioré une partie du chemin déjà ouvert.

" La colonisation a fait des progrès considérables, dit M. Talbot, dans Armagh et Montminy depuis l'ouverture de ce chemin."

M. Talbot est aussi un de ceux qui disent que la mouche à blé est inconnue dans les nouveaux établissements. Il prétend qu'elle n'a point encore été vue dans les townships d'Armagh et Montminy.

D'après les renseignements qui me sont donnés, il paraîtrait que la valeur de la propriété foncière (occupée, je suppose) aurait augmenté depuis ces dernières années de 100 pour cent.

M. Talbot croit qu'il faut $2400 pour compléter ce chemin.

Pour plus amples informations, voir mon rapport de l'an dernier, page 48, version française.

COMTÉ DE MONTMAGNY.
Chemin en arrière de St. Thomas.
Conducteur : EUCHER DION.

Balance de l'appropriation de 1856..................	$ 920 00
Montant approprié en 1857.............................	1600 00
	2520 00
Montant payé	2493 43
Balance restant.......................................	$ 26 57

Le point de départ de ce chemin est le chemin de la deuxième concession de St. Thomas.

Il était projeté de le terminer à la base du township Montminy sur le 7ème lot, distance d'à peu près 13½ milles. Mais l'étendue considérable d'excellent terrain qui s'étend, assure-t-on, du terme projeté de ce chemin jusqu'à la ligne provinciale, sont de puissantes raisons de le prolonger jusqu'à ce dernier point.

En 1856, six milles avaient été ouverts, dont quatre n'étaient praticables que pour les voitures d'été et le reste pour les voitures d'hiver seulement. En 1857, M. Dion a complété 5¼ milles de ce chemin et en a ouvert 1¼.

Le chemin parachevé a coûté $560 par mille, sans comprendre les ponts ; et 7 ponts formant ensemble 179 pieds de pontage ont coûté $170 70cts.

Quatre milles ont été complétés dans la seigneurie Patton et 1¼ mille dans le township d'Ashburton.

D'après les renseignements que me donne M. Dion, le terrain que traverse cette route serait impropre à la culture, jusqu'au onzième mille, où l'on rencontre beaucoup de bonne terre.

Il paraîtrait cependant qu'il se trouverait à trois quarts de lieues du chemin et à l'ouest, sur la cinquième concession de St. Thomas, je suppose, (le nom de la seigneurie ou township est omis dans les renseignements qui me sont donnés,) une étendue assez considérable de bon terrain.

Malgré le défaut de chemin, le township Montminy a augmenté au moins des deux tiers depuis quatre ans.

Ashburton s'ouvre rapidement par la société de colonisation de Québec, qui doit faire une forte semence au printemps prochain, et qui fait des vœux ardents pour obtenir, dans le cours de l'été prochain, la confection de ce chemin jusqu'à ses établissements.

Les colons d'Ashburton à la tête desquels se distingue cet ami zélé, actif et intelligent de la colonisation, M. Stanislas Drapeau, méritent sans doute une aide aussi efficace que leurs efforts sont exemplaires et dignes d'encouragement.

La première gelée nuisible à la végétation dans Ashburton et Montminy a eu lieu en 1857, vers le 15 ou le 20 septembre ; presque tous les grains étaient alors hors de danger.

M. Dion croit que pour compléter les 12 premiers milles, il faut une somme de $560 par mille.

Depuis que ce qui précède a été écrit, M. Drapeau a eu la bonté de me faire parvenir, à ma réquisition, les détails qui suivent, sur les établissements qu'a commencés dans Ashburton, la "société de colonisation des ouvriers de Québec."

" Ce canton, qui est arpenté maintenant, contient 314 lots ; il a neuf rangs.
" La route des commissaires appelée aussi "chemin des Anglais" le traverse
" d'un bout à l'autre ; les héritages sur cette route ont le fronteau au chemin. Il
" y a 86 lots. La petite rivière du Sud, qui se trouve placée entre les 6ème et
" 7ème rangs, sert aussi de bornage aux 64 lots qui y sont. La réserve est en
" cet endroit, sur les lots 18, 19, 20 et 21, au sud de la rivière.
" La société de colonisation des ouvriers de Québec, est placée de chaque
" côté de la route ainsi que sur la rivière, en forme de croix. Cent cinquante
" acres ont été défrichés et seront brûlés ce printemps et ensemencés en partie.
" on espère faire défricher 300 acres nouveaux dans la saison prochaine.
" Plusieurs colons doivent s'y établir dans le courant de l'année.
" Il me paraît tout naturel de vous parler un peu du "chemin des Anglais."
" ' C'est en vain qu'on s'efforcera de coloniser les terres et d'y envoyer des
" familles s'il n'y a pas de route pour y parvenir. Dans notre canton d'Ashburton
" il est vrai, il y a bien un chemin, mais aucune voiture n'y peut passer avec une
" charge quelconque, tant est affreux l'état du chemin.
" L'améliorer sera donc de la part du gouvernement un acte de justice très
" pressant, puisqu'il aidera puissamment une société de plus de 150 membres
" qui travaille énergiquement à pousser vers l'agriculture un nombre assez con-
" sidérable d'ouvriers qui sont sans avenir et souvent exposés à manquer d'ou-
" vrage dans nos villes ; en même temps que cette route est indispensable aux
" colons de Montminy placés au-dessus de notre township.
" Je désire attirer votre attention davantage.
" L'année dernière il a été commencé une nouvelle route dans notre canton ;
" d'après les informations que j'en ai reçu, on y dépensera beaucoup plus d'ar-
" gent qu'on n'en aura de résultats satisfaisants.
" Les travaux sont actuellement rendus au 2nd rang. A mon avis, il serait
" plus profitable d'arrêter là, suivre le cordon de ce 2nd rang pour aller rejoindre
" l'ancien chemin des "Anglais" et l'améliorer dans le restant de sa longueur
" avec cet argent. Il est préférable de n'avoir qu'une seule route qui soit bonne,
" que deux mauvaises.
" D'ailleurs, en persistant à continuer ce chemin à travers le township, il
" faudra traverser plus d'un lieue de terres incultes qui n'ont même pas été
" jugées dignes d'être arpentées ; elles sont situées dans la partie Est du canton
" et comprennent les rangs 3, 4 et 5.'

COMTÉ DE BELLECHASSE.
Chemin d'Armagh.
Conducteur : Pierre Dagnault.

Montant approprié en 1857..........................$600 00
Montant payé...................................... 600 00

Ce chemin a son point de départ au sud de la rivière du Sud, dans la seigneurie St. Vallier, et est un prolongement d'une route dite route des Commissaires,

et se continue jusqu'au delà de la Fourche du Pin, dans une direction à peu près sud-est.

Sa longueur projetée est de huit milles.

Environ 3 milles ont été ouverts en 1857. Cinq milles sont maintenant praticables pour les voitures à roues et un mille de plus pour les voitures d'hiver. Cette route est ouverte dans la seigneurie de St. Vallier et le township d'Armagh. Mais M. Dagnault dit qu'il n'a pu déterminer quelle partie a été faite dans la seigneurie et quelle autre dans Armagh.

Le coût par mille, sans comprendre les ponts a été de $520.

Ce chemin n'a pas été verba isé par les autorités municipales.

Le terrain que traverse ce chemin est de terre jaune et de bonne qualité, quoique rocheux. Les bois qui y croissent sont l'épinette, le sapin, l'érable et le merisier. Les terrains adjacents sont à peu près de même qualité.

Cette route est la seule qu'aient les colons d'Armagh et de Mailloux pour sortir directement de l'intérieur et communiquer avec les anciens établissements. Elle devra beaucoup favoriser la colonisation d'une étendue considérable de bons terrains qui ne sont pas encore occupés.

" Les colons d'Armagh et de Mailloux, dit M. Dagnault, ont considérable-" ment augmenté les défrichements.

" Les bois propres au commerce ont été exploités dans les localités par ce " chemin et dans ses environs.

" Il s'y manufacture actuellement une grande quantité de billots d'épinette qui alimentent les scieries de M. Patton de St. Thomas.

" Il reste encore beaucoup de ce bois ; mais le pin y est rare.

" La mouche à blé y est à peu près inconnue. L'échaudage seul produit " quelque dommage.

" Le blé et toutes autres espèces de grains y croissent vigoureusement et " réussissent bien.

" L'an dernier il a été construit une chapelle dans St. Cajetan, dans le town-" ship d'Armagh, sous la direction des autorités religieuses."

M. Dagnault croit que l'augmentation de la propriété foncière dans Armagh et Mailloux a été à peu près de moitié.

M. Dagnault croit qu'il faudrait près de $3,600 à $4,000, pour compléter ce chemin.

COMTÉ DE BELLECHASSE.
Chemin de Buckland.
Conducteur : ELIE AUDET.

Balance de l'appropriation de 1856	$ 280
Montant approprié en 1857	1000
	$1280
Montant payé	1280

Dans mes rapports précédents, j'ai donné d'amples informations sur la qualité du terrain et des bois à travers lesquels passe ce chemin.

Deux milles, 22 arpents et 5 perches ont été parachevés en 1857 ; 9 milles et 5 perches, en comprenant ce qui a été fait dans les années précédentes, sont maintenant parachevés et propres au roulage.

Vingt arpents de ces 9 milles et 5 perches de chemin complétés sont dans la seigneurie de Livaudière, et 8 autres milles, 8 arpents et 5 perches dans le township de Buckland.

Le coût de ce chemin est d'à peu près $612 par mille, sans comprendre les ponts.

Il a été construit, sur toute l'étendue du chemin, 65 ponts dont la longueur est de 586 pieds, et qui ont coûté $690.

Il en est un dont M. Audet recommande fortement la construction, savoir : sur la fourche du nord ouest, dans le township Mailloux, et dont le coût n'excéderait probablement pas $400 ; cette amélioration serait, selon M. Audet, de la plus haute importance. Etant pratiquée sur la grande voie de communication entre les townships Buckland, Mailloux et Montminy, elle devra diminuer de 30 milles la distance que parcourent les voyageurs lorsqu'ils vont de Buckland à Montminy.

Le chemin de Buckland n'a point été verbalisé.

Si ce chemin était continué jusqu'à la rivière St. Jean, distance d'à peu près 36 milles, il ouvrirait un accès à une étendue de terrains magnifiques, que M. Audet estime à 630 milles en superficie.

Les pouvoirs d'eau sont très nombreux sur la " Branche du Pin," la " Branche du Nord-Ouest" et " Da-aquam ;" cette dernière rivière est remarquable par l'immense quantité de poisson qu'on y trouve.

Les établissements progressent toujours dans les townships de Buckland et Mailloux.

Dans le premier, il a été construit deux moulins à farine, quatre scieries, une potasserie et une perlasserie.

Les bois de commerce ont été exploités dans les townships de Buckland et Mailloux et leurs environs ; ce qui en reste ne suffira pas pour les besoins actuels et futurs des localités, ni à celles qui sont adjacentes à la rivière Da-aquam.

La mouche a blé n'a causé, dans les townships que traverse ce chemin aucun dommage, depuis que les colons s'y sont établis.

COMTÉ DE BELLECHASSE.
Pont de St. Raphaël.
Conducteur : Ls. Dallaire.

Montant approprié en 1857..........................	$.00 00
Montant payé	160 00

Balance restant..........	$ 40 00

La construction de ce pont n'ayant pas été complétée par les personnes tenues de le faire, la somme de $200 a été accordée dans l'intention de le parachever. Les travaux ont été commencés par M. Dallaire, mais le 7 septembre dernier, ce monsieur m'a écrit que la rivière n'étant pas encore prise, il avait d'après l'avis de M. le Dr. O. C Fortier, M. P. P., cru devoir remettre ses travaux à un temps où la glace lui permettra de travailler plus facilement.

Je m'attends prochainement à recevoir un rapport sur ces travaux.

COMTÉ DE DORCHESTER ET BELLECHASSE.
Chemin de Frampton à Buckland et Ware.
Conducteur : John Dillon.

Montant approprié en 1856..........................	$600 00
Montant payé	394 65

Balance restant................................	$205 35

Ce chemin, qui devait partir du chemin existant entre les 10e et 11e rangs de Frampton, n'a cependant été commencé qu'à la ligne de séparation entre les townships de Frampton et Buckland et au poteau qui sépare les 32e et 33e Nos. du 2e rang. Pour bien comprendre cette désignation, il faut se rappeler qu'il n'existe pas de 1er rang dans Buckland.

La raison pour laquelle le chemin n'a pas été ouvert sur la 11e concession de Frampton, c'est qu'il a été démontré qu'il y aurait plus d'avantage à le construire sur cette concession, dans une direction différente de celle qui a été d'abord adoptée.

Deux milles et demi de ce chemin ont été complétés en 1857, et sont praticables pour les voitures à roues. Ce qui a été fait de chemin traverse en ligne droite les 2e, 3e et une partie du 4e rang de Buckland, ce qui en a été fait a coûté, terme moyen, à peu près $152 par mille, sans les ponts.

Il a été construit 23 ponts, dont le pontage forme 156 pieds, et qui ont coûté $14.

M. Dillon rapporte que cette partie du chemin qu'il a construit, passe sur un terrain de la meilleure qualité, et couvert de bois mêlés, mais dans lesquels l'érable, le merisier et autres bois francs sont dominants.

Les deux milles suivants qui sont à ouvrir passeront à travers des bois mous, mais ensuite on retrouve les bois francs.

Il y a de bons pouvoirs d'eau sur la rivière à l'Eau Chaude et sur la rivière Hermisson.

Les colons des 3e et 4e rangs se préparent à ériger un moulin à scie le printemps prochain.

Quoiqu'il n'y ait eu aucun chemin d'ouvert avant celui-ci, dans cette partie du pays, cependant la colonisation y a fait quelques progrès.

Les canadiens-français, dit M. Dillon, sont parvenus à se rendre depuis quelques années dans les profondeurs de Frampton, Standon et Buckland.

L'épinette a été exploitée depuis 26 ans en très grande quantité dans les townships que doit traverser ce chemin, mais elle s'y trouve encore, dit M. Dillon, en assez grande quantité pour répondre aux besoins des colons. Depuis nombre d'années, M. Dillon n'a pas remarqué que la gelée ait fait dommage à la végétation, excepté pourtant en 1856, mais alors même elle fut légère; ordinairement la gelée n'affecte que les grains semés tard.

M. Dillon croit qu'il faudra encore une nouvelle appropriation de $640 pour continuer et parachever ce chemin jusqu'où il est tracé.

COMTÉS DE LEVI ET DORCHESTER.

Chemin de St. Jean Chrysostôme à St. Isidore.

Montant approprié en 1856	$1000 00
Montant payé	1000 00

La propriété de ce chemin a été cédée par M. Pierre Giroux à l'hon. Joseph Cauchon, commissaire des terres de la couronne, pour servir comme chemin public, à perpétuité et moyennant la somme ci-dessus mentionnée, suivant contrat consenti par M. Pierre Giroux, pardevant M. Lévi Roy, N. P., le 8 juin 1857, M. Félix Fortier, agent de la seigneurie Lauzon, agissant au nom de M. le commissaire.

Un certificat de M. Simon Octeau, constatant que ce chemin avait été parachevé, ayant été transmis à ce bureau, la somme de $1000 a été payée à M. Pierre Giroux et autres, le 30 du même mois de juin 1857.

COMTÉ DE DORCHESTER.
Chemin de Frampton.
Conducteur : JOHN DUFF.

Balance restant de 1856.............................$ 07
Montant approprié en 1857......................... 200 00

                        $200 07
Montant payé 200 07

Ce chemin a été amélioré en 1857 depuis le front du No. 8 du 3me rang jusqu'au No. 12 sur le 7me rang dans le township de Frampton, à raison de $40 le mille, sans compter les ponts. Il a été construit un pont sur la rivière Nancy.

Frampton est si bien connu qu'il est à peu près inutile de s'étendre sur les avantages qu'il offre à la colonisation ; il est d'ailleurs en grande partie occupé, mais le chemin de Frampton conduit à Cranbourne où l'on trouve plusieurs concessions d'excellente terre non occupée.

M. Duff croit qu'il faudrait avec l'aide des colons une somme de $600 pour compléter les réparations qui restent à faire.

COMTÉ DE BEAUCE.

Pont sur la rivière Chaudière à St. François, moyennant que la municipalité pourvoie à ce qui pourrait manquer pour le construire, et qu'elle pourvoie aussi à son entretien.

Montant app... en 1856......................$800 00

En réponse à ... lettre que j'ai adressée à Ambroise Morin, écuyer, maire de St. François de la Beauce, ce monsieur m'a informé, par une lettre du 15 septembre dernier, que le conseil municipal du lieu n'avait pas encore adopté de procédés, mais qu'il espérait que le conseil s'occuperait de la construction de ce pont dans quelque temps, et qu'il ne manquerait pas de me donner avis de sa décision.

COMTÉ DE BEAUCE.
Chemin de Lambton.
Conducteur ; ZEPHIRIN BERTRAND.

Balance restant de 1856.........................$ 30 05
Montant approprié en 1857........................ 1000 00

                        $1030 05
Montant payé..................................... 1030 05

(Voir mon rapport de 1857 sur les travaux faits en 1856, page 52, version française.)

Ce chemin, qui a 35 milles de long, part de la 1ère concession de la paroisse de St. François de Beauce, du côté sud-ouest de la rivière Chaudière. et se termine dans le township de Lambton, près du lac Shéantewapagak (lac St. François.)

Six milles, moins quatre arpents, ont été parachevés en 1857 et peuvent être commodément pratiqués par les voitures d'été. Quarante-six arpents ont été complétés dans le township de Tring, le reste dans celui de Forsyth.

Les quarante-six arpents qui ont été améliorés dans Tring ont coûté $448 le mille. Dans Forsyth le coût en a été de $152.40 par mille. Un nombre de ponts, dont l'ensemble donne une centaine de pieds de pontage, ont été construits l'an dernier ; leurs frais de construction sont compris dans ceux du chemin. Il en reste encore d'autres à faire.

J'ai déjà donné dans mes rapports des renseignements sur le chemin de Lambton, qui est très certainement une des voies de communication les plus importantes de tous les townships de l'Est et j'ajoute ici ceux qui me sont donnés par M. Bertrand, le conducteur des travaux de ce chemin. Ils sont très propres à faire comprendre les progrès récents de la colonisation et aussi ceux qu'elle est susceptible de faire, si des chemins étaient ouverts de chaque côté du chemin de Lambton, pour donner aux colons un accès facile aux magnifiques terrains que l'on trouve dans les townships adjacents à cette grande voie

" Les collines, qui presque toutes sont à pente douce, dit M. Bertrand, dans
" les townships de Tring, Forsyth, Shenley, Lambton, Price, Aylmer, Winslow et
" Gayhurst, à travers lesquels ce chemin passe ou conduit, sont toutes, à peu
" d'exceptions près, d'un sol marneux d'une grande richesse, mais rocheux et
" couverts d'un bois franc de bonne qualité ; les vallées des rivières qui serpen-
" tent à travers ces townships, sont d'un riche terrain d'alluvion, le meilleur que
" l'on puisse désirer.

" Le chemin Lambton est la seule voie de communication pour les townships
" sus-nommés, qui conduit au marché de Québec par le chemin de Kennebec,
" avec lequel il se relie dans la vallée de la Beauce, à St. François, et sans lui
" il n'y aurait pas encore d'établissements dans les townships sus-nommés.

" Il existe différents pouvoirs d'eau dans chacun des townships sus-mention-
" nés, suffisants pour faire mouvoir des moulins à farine et à scie, pour le besoin
" des localités.

" Il y a une carrière de pierre à chaux dans la paroisse de St. François, et
" qui traverse le township de Tring dans presque toute sa longueur. J'ignore
" s'il y a de la pierre à chaux dans les autres townships.

" J'ignore aussi s'il y a des mines de fer ou autres minéraux utiles dans ces
" townships.

" Il serait nécessaire, 1º. d'une somme de quatre cents piastres pour aider
" à ouvrir une route dans le premier rang de la paroisse de St. François ; 2º.
" d'une somme de trois cents piastres pour parachever le chemin dans Forsyth ;
" 3º. deux cents piastres pour améliorer quelques parties dans Lambton. Ces
" améliorations compléteraient définitivement le chemin Lambton d'un bout à
" l'autre.

" Le township de Tring est aux deux-tiers établi, et le reste va s'établir
" complétement d'ici à quelques années ; celui de Forsyth est établi tout le long
" du chemin de Lambton dans toute sa longueur, et il y a aussi un commencement
" d'établissements dans les rangs en arrière, de chaque côté du chemin. Lambton
" est, je crois, à peu près à moitié établi ; Aylmer est aux deux tiers établi, et
" les établissements progressent rapidement dans ce township. Il y a un com-
" mencement d'établissement dans Price ; il y a aussi une quarantaine de familles
" dans Shenley, et s'il était accordé une aide pour ouvrir un chemin dans ce
" township, il y a tout lieu de croire que les établissements y progresseraient ra-
" pidement. Il y a aussi un certain nombre d'établissements dans Gayhurst,
" mais je ne les connais pas au juste.

" Les bois propres au commerce, pin, épinette, etc., etc., sont exploités en grand
" le long du lac St. François, de la rivière aux Bluets et autres petits lacs et ri-
" vières qui se déchargent dans ce lac, par la maison Clark et Cie, qui a de vastes
" scieries à Brompton Falls, près de Sherbrooke, et qui envoie ce bois par le Grand
" Tronc au marché de Portland, et de là dans tous les Etats-Unis d'Amérique.

" Cette maison croit pouvoir faire encore pendant plusieurs années du bois
" dans ces localités. Il est à craindre que quand ils auront fini leurs exploita-

" tations, ce qui restera du bois de service sera insuffisant pour répondre aux be-
" soins futurs des habitants de ces localités.

" Il n'est pas à ma connaissance que la mouche à blé ait causé aucun dom-
" mage dans ces endroits ces années dernières; le blé en a été jusqu'ici exempt;
" elle n'a pas attaqué d'autres grains.

" Les premières gelées nuisibles ici l'automne ont eu lieu vers le 20 septem-
" bre, et ont causé très peu de dommage à la récolte.

" La maladie qui détruit les patates depuis quelques années, ne les a pas en-
" core pour ainsi dire attaqué dans les terres nouvellement défrichées dans nos
" localités, tandis qu'il a été à peu près impossible d'en conserver dans les ter-
" rains cultivés depuis un certain nombres d'années.

" Dans tous les townships sus-mentionnés, la propriété foncière a augmenté
" de moitié au moins depuis dix ans."

COMTÉS DE MÉGANTIC ET DE BEAUCE.

Chemin de Glenloyd.

Conducteur, THOMAS LLOYD.

Balance restant de 1856 ....$ 900 00
Montant approprié en 1857 .... 1000 00

$1900 00
Montant payé 1900 00

Ce chemin s'étend depuis le 5e lot du 9e rang de Tring jusqu'au chemin de
fer de Québec à Richmond, sur le lot No. 18 du 5e rang de Nelson.

Sa longueur est de 41 milles 7 chaines. L'étendue ouverte en 1857, est d'un
peu plus de 17 milles.

Quarante milles ont été ouverts depuis que le chemin a été commencé en
septembre 1856. Il en reste conséquemment à peu près un mille à ouvrir encore,
dans Leeds; ce dernier n'a pu être ouvert en conséquence de ce qu'un des propriétaires s'est opposé à ce que le chemin passât sur sa terre tel qu'il était tracé.
Aucune partie de ce qui a été fait en 1857, n'est propre au roulage. M. Lloyd
avait pour instruction de ne l'ouvrir même, dans toute sa longueur, qu'en chemin
d'hiver.

Le coût de ce chemin a été, terme moyen, de $82 50 par mille en y compre-
nant les ponts qui ont été construits.

Il reste encore beaucoup de ponts et de pontage à construire pour rendre le
chemin praticable, dans les premiers mois d'hiver.

Le nombre de ponts construits est de quarante-deux, et la longueur de l'ensemble est de 1006 pieds.

M. Lloyd m'écrit qu'un grand nombre de ponts devront nécessairement être
construits pour rendre ce chemin utile, même durant l'hiver, un particulièrement
sur la rivière "Thames" dans Inverness, lequel serait de la plus grande utilité
pour les habitants d'Inverness, de Leeds et de Nelson, en leur donnant le moyen
de communiquer en tout temps avec le chemin de fer, ce qu'ils ne peuvent faire
maintenant que durant la partie la plus rigoureuse de l'hiver, temps auquel seulement la glace y est sûre.

La longueur du chemin ponté et *fasciné* est de 1596 pieds.

Plusieurs parties de ce chemin ont été adoptées et verbalisées par les autorités municipales.

Il y a une grande étendue d'excellente terre inoccupée dans Thetford, Tring, Broughton et dans les townships situés sur le chemin de Lambton, " formant en tout, à peu près 250,000 acres, dit M. Lloyd.

" Le sol," ajoute M. Lloyd, "dans les townships d'Inverness, Nelson et Leeds, produit, avec une bonne culture, 25 minots de blé par acre et de 750 à 1000 minots de navets.

" Les avantages qu'offre ce chemin sont importants et non ordinaires dans " cette province. En commun avec les autres chemins, il ouvrira à l'industrie du " colon une étendue d'excellente terre, de plusieurs milliers d'acres, couverte de " bois d'une grande valeur, dont l'exportation par le chemin du Grand Tronc, sous " forme de courbes d'allonges, etc., etc., etc., de potasse et perlasse, donneront de " l'emploi aux colons pauvres.

" Mais l'avantage particulier à ce chemin s'il est jamais confectionné comme " chemin d'été, c'est qu'il ouvrira une communication directe entre le chemin de " fer et la région minérale la plus riche de cette immense province. Dans le voi- " sinage immédiat de ce chemin, il y a maintenant d'ouverte par une compagnie " incorporée, une mine de cuivre qui sera développée sur un grand pied, dès que " ce chemin (qui donnera une communication facile avec le chemin de fer) sera " ouvert."

Deux autres compagnies, incorporées aussi, qui possèdent de grandes étendues de terre, traversées par des veines de minerai de cuivre, commenceront aussi leurs opérations dès que le mode actuel, difficile et dispendieux, de transporter le minerai au chemin de fer aura cessé par l'ouvertur d'un bon chemin.

Il existe du minerai de fer en très grande quantité le long de la ligne du chemin.

On trouve d'excellente pierre à chaux, dans le 14e rang de Nelson, et de la pierre à chaux magnésienne dans Leeds.

Il y a d'excellents pouvoirs d'eau tout le long du chemin.

" Pour compléter cette grande voie de communication en chemin d'hiver, il " faudrait," dit M. Lloyd, "en conséquence du grand nombre de ponts qui restent " à construire (dont un sur la rivière Thames coûterait $1000), une somme de " $5000 à 6000 "

Le pont sur la rivière Thames paraît être d'une néce ité urgente.

Ce chemin est d'une importance considérable pour la colonisation de plusieurs townships, et devrait être complété comme chemin d'été au plus tôt. S'il contribuait, comme il y a lieu de le croire, à l'exploitation du minerai de cuivre, et comme le croit M. Lloyd, il aurait l'avantage de procurer de l'ouvrage pour toujours à une certaine classe d'habitants des townships.

Il est supposé que sa complétion en chemin d'été coûterait $500 par mille, sans y comprendre les ponts.

COMTÉ DE MÉGANTIC.

Chemin de Ste. Sophie.

Conducteur, F. L. POUDRIER.

Montant approprié en 1857 ....$600 00

Une requête de quarante propriétaires ou occupants de terre, demandant que l'emploi de la somme appropriée pour continuer le chemin de Ste. Sophie, fût différé jusqu'à ce que le conseil municipal de Halifax nord qui devait, conformément au chapitre 133 de la 20 Victoria, siéger après le 1er janvier 1858, eût l'occasion de se prononcer sur la direction que doit suivre le prolongement du chemin de Ste. Sophie, ayant été transmise à ce bureau par le révérend M. Brunet, curé de Ste. Sophie, les travaux ont été suspendus.

Il y a lieu d'espérer que le conseil municipal adoptera quelques procédés au sujet de ce chemin, et qu'avis en sera donné à ce bureau en temps convenable.

COMTE DE MEGANTIC.

Chemin de la Station de la Rivière Noire, dans Somerset.

Conducteur : IGNACE ROBERGE.

Montant approprié en 1857...................... $600 00
Montant payé............................... 600 00

Ce chemin conduit de la ligne de division, entre les 7e et 8e rangs de Somerset, au chemin d'Arthabaska. Sa longueur est de 44 ou 45 arpents, dont 22 ont été faits l'été dernier. Il est d'une haute importance vu qu'il est une continuation de la route qui conduit à la station du chemin de fer. La nature du terrain à travers lequel il passe le rend assez dispendieux

COMTE DE LOTBINIÈRE.

Chemin de Ste. Croix, (route du centre.)

Conducteur : FRS. DIONNE.

Montant approprié en 1857..................... $600 00
Montant payé............................... 599 95

Balance restant............................. $000 05

Pour la désignation de ce chemin, voir mon rapport sur les travaux faits en 1855, page 34, version française

Sept milles, 5 arpents et 7 perches ont été ouverts en 1854, 55, 56 et 57.

De ces 7 milles, etc., etc., 4½ milles sont propres au roulage, le reste ne l'est que pour les voitures d'hiver.

Il reste encore à rendre roulable 2½ milles, savoir : entre Ste. Agathe et les moulins de l'honorable M. Méthot, situés auprès du chemin de fer de Québec à Richmond.

Tout ce chemin se trouve dans la seigneurie de Ste. Croix.

Il a coûté de $600 à $700 par mille dans les terrains les plus favorables, mais dans quelques autres parties il a coûté plus.

A peu près deux milles ont été verbalisés par le conseil municipal de Ste. Flavien.

Quant au sol et aux bois que l'on rencontre sur ce chemin, voir rapport sur les travaux de 1854, page 27, version française, et aussi rapport sur ceux de 1855, page 34, même version.

Ce chemin a une importance considérable en ce qu'il est une voie de communication entre plusieurs paroisses et townships et le chemin de fer, au dépôt appelé Méthot's Mills.

Les bois de commerce ont été exploités depuis quelques années et le sont encore sur un grand pied. Le merisier et l'épinette rouge sont les bois qu'on a le plus exploités jusqu'à présent.

Il y a sur le chemin et dans ses environs, beaucoup de bois de toute espèce, tels que frêne, orme, cèdre, et épinette blanche.

La mouche à blé n'a fait aucun dommage dans les nouveaux établissements dans les environs de ce chemin, ces années dernières.

" La valeur de la propriété a plus que doublé," dit M. Dionne, " dans les " townships que je connais."

D'après l'évaluation de M. Dionne, il faudrait encore de $1300 à $1400 pour achever ce chemin.

COMTE D'ARTHABASKA.
Chemin de Maddington.
Conducteur : V. St. Germain.

Balance restant de 1856........................ $ 83 52
Montant approprié en 1857..................... 800 00

$883 52
Montant payé................................ 516 47

Balance restant $367 05

Le point de départ de ce chemin commence à la ligne qui divise le township de Maddington d'avec les fiefs Cournoyer et Dubord et se termine aux établissesements de la rivière Bécancour. Sa longueur est d'à peu près 12 milles.

Six à sept milles ont été complétés l'an dernier, et quoique le reste ne soit pas parachevé, il est néanmoins praticable pour les voitures à roues.

Les parties de ce chemin qui ont été améliorées l'an dernier, sont : 1er, depuis Ste. Gertrude, dans le bas du township appelé le "Petit Pelé," et 2me depuis les établissements de la rivière Bécancour jusqu'au "Ruisseau du Cheval."

Il reste encore huit ou neuf ponts à faire.

Quant à la qualité du sol, du bois et des remarquables pouvoirs d'eau que l'on trouve dans les environs de ce chemin, je prends la liberté de vous référer à mon rapport de l'an dernier.

Le gouvernement possède encore une grande étendue de terre dans ce township.

Un motif très important de rendre ce chemin aussi practicable que possible avec aussi toute l'expédition possible, c'est que le chemin de Gentilly à la rivière Bécancour, étant quelquefois impraticable par la crue des eaux, celui-ci devient son substitut comme voie de communication entre Gentilly, etc., etc., et la rivière Bécancour.

Il s'est fait un certain nombre d'établissements durant les quatre dernières années ; mais il en doit être commencé un plus grand nombre prochainement. Quoique toutes les personnes qui possèdent des terres dans ce township n'y soient pas résidantes, cependant le plus grand nombre en ont commencé le défrichement pour y établir leurs enfants.

Il existe dans toutes les parties du township de Maddington des bois propres aux constructions rurales. On y trouve encore certains bois de commerce, comme épinette rouge et blanche, pruche, merisier et cèdre, et quoique le pin ait été en partie enlevé, il en reste encore suffisamment pour répondre aux besoins de la localité.

M. St. Germain croit que $400, sans y comprendre la balance non employée, suffiraient pour compléter le chemin de Maddington.

COMTE D'ARTHABASKA.
Chemin d'Aston.
Conducteur : Joseph Prince.

Montant approprié en 1857..................... $240 00
Montant payé................................ 196 00

Balance restant............................. $44 00

Durant la dernière saison six milles de ce chemin, dont j'ai déjà donné la description dans mes précédents rapports, ont été parachevés. Ce chemin est du petit nombre de ceux qui, à ma connaissance, ont été verbalisés par les autorités municipales.

Les terrains qui le bordent sont généralement bons et faciles à établir. (Voir mon dernier et avant-dernier rapport.)

A chacune de ses extrémités il y a des établissements. Il conduit aux anciens établissements du St. Laurent, au dépôt du chemin de fer à St. Christophe.

Dans l'augmentation d'Aston ainsi que dans l'augmentation de Bulstrode, auprès de ce chemin, il s'est formé plusieurs établissements, sur l'un desquels un cultivateur a recueilli au-dessus de deux mille gerbes de grains et une abondance d'autres produits provenant de ses jardinages. Les bois propres aux constructions ont été déjà exploités, mais il en reste encore suffisamment pour les besoins locaux.

Trois sites d'églises ont été fixés depuis quelque temps dans le township d'Aston, savoir : un dans le 7e rang, un autre dans le 9e rang, auprès de la rivière Nicolet, sur le chemin qui conduit à Kingsey, le troisième dans le 13e rang de l'augmentation de ce même township, sur le lot No. 15.

M. Prince remarque que la valeur de la propriété foncière, non occupée et non établie, a baissé des deux tiers cette année, en conséquence des charges imposées par les municipalités, tandis que celle des propriétés établies ou occupées a augmenté.

Relativement à la qualité du sol et du bois d'Aston et Bulstrode, voir mon rapport sur les travaux de 1855, page 49, version française.

COMTÉ D'ARTHABASKA.
Chemin de la grande ligne d'Aston
Conducteur : JEAN VIGNEAU.

Montant approprié en 1857 .... $300 00

Après consultation avec des personnes éclairées sur les besoins des habitants résidants auprès de ce chemin, il a été jugé qu'il était plus avantageux, vu les progrès qui avaient déjà été faits dans l'ouverture du chemin, d'employer cette somme à encourager et à aider à la construction des ponts qu'il y avait à faire sur cette route.

En conséquence cette somme a dû être répartie de manière à aider les personnes obligées à la construction des ponts ; et M. Jean Vigneau, aussi dévoué qu'intelligent, a été chargé d'en faire l'évaluation et aussi de faire la répartition de la somme appropriée suivant leur valeur respective.

Ces ponts sont au nombre de sept et coûteront à peu près $16,000, quand ils seront finis.

COMTÉS D'ARTHABASKA ET DE WOLFE.
Chemin de Chester et Ham.
Conducteurs : P. N. PACAUD et J. T. LE BEL.

Balance de l'appropriation pour les townships de l'est en
1856 .... $325 12
Montant payé................................ 1325 12

J'ai dans mes rapports précédents donné d'amples et intéressants détails sur les terrains, les bois, etc., que traverse ce chemin, qui est une des voies les plus importantes des townships de l'est, en ce qu'elle est une des voies qui, partant d'un des centres de ces townships, conduisent presque à angle droit au chemin de fer du Grand Tronc.

Les travaux de 1857 ont eu pour objet l'établissement d'une partie de cette route et les réparations qu'un chemin nouvellement ouvert exige toujours peu de temps après qu'il a été livré à l'usage public.

En me transmettant le rapport de leurs derniers travaux, MM. Pacaud et Le Bel m'informent " que le chemin a été réparé dans toute son étendue et qu'il " ne reste que du minage à faire dans une partie du chemin qui avait été ouverte " en 1856, que des garde-corps sur quelques ponts et quelques améliorations " à faire dans quelques savanes où il serait nécessaire de transporter de la bonne " terre pour rendre ce chemin solide et durable."

COMTÉ DE WOLFE.
Chemin de Weedon à Garthby.

Conducteurs : J. E. Côté et M. Gaudette.

Balance restant de 1856	$238 45
Montant approprié en 1857	400 00
	$638 45
Montant payé	638 45

Ce chemin est de 4 milles et deux chaînes.

Il est la seule voie de communication entre Weedon et Garthby. C'est dans Garthby, sur le bord du lac Aylmer, qu'est l'établissement appartenant au gouvernement, érigé il y a quelques années par M. J. O. Arcand, et où réside maintenant son successeur, M. Jean Théophile LeBel, agent des terres de la couronne. Ce chemin est ouvert dans toute sa longueur, et quoique non complété peut être fréquenté par les voitures d'été. Le coût, par mille, en a été de $500, terme moyen.

Le terrain à travers lequel passe ce chemin est très rocheux, et les bois n'y sont pas d'une très bonne qualité ; mais cette voie de communication est d'une grande utilité, de nécessité même pour la colonie de Weedon, déjà considérable et très florissante.

Il existe un bon pouvoir d'eau dans les environs de ce chemin, et on y trouve plusieurs carrières de pierre à chaux. Le bois de pin a été à peu près tout enlevé.

La première gelée qui aurait pu nuire à la végétation dans Weedon et ses environs, n'est survenue que vers la fin de septembre dernier.

Les conducteurs sont d'opinion qu'une somme de $600 serait suffisante pour achever ce chemin.

COMTÉ DE COMPTON.
Chemin de St. François.

Conducteurs : J. Bte. Delisle et Abraham Wait.

Partie de la balance restant de l'appropriation de 1856, affectée à l'ouverture de chemins généralement dans les townships de l'est	$104 80
Montant approprié en 1857	400 00
	$504 80
Montant payé	504 66
Balance restant	$ 14

Il n'était resté de ce chemin en 1856, qu'un demi-mille à faire pour le compléter entièrement.

En 1857, ce demi-mille a été confectionné.

Depuis ce temps, le chemin de St. François est complètement achevé, mais il est à regretter que cette grande et principale voie de communication des townships de l'Est ne soit pas encore verbalisée. Elle est déjà détériorée en plusieurs endroits et deviendra à peu près impraticable avant longtemps, s'il n'est pourvu à son entretien.

Les bois de construction et de commerce sur ce chemin et ses environs ont été enlevés en grande quantité durant les trois dernières années par des spéculateurs, et sont devenus très rares. Il parait que ce qui en reste sera insuffisant pour les besoins futurs.

Une église catholique a été construite, l'an dernier, dans la partie Est de Winslow.

Un prêtre réside maintenant dans Stratford et dessert Winslow, Garthby et Weedon.

Quant à d'autres détails relatifs au sol, au progrès de la colonisation des lieux que traverse ce chemin, voir mon rapport de l'an dernier, page 76, version française.

COMTÉ DE COMPTON.

Chemin Mégantic.

Conducteurs : B. GARNEAU et J. B. COULOMBE.

Balance restant de 1856	$ 261 65
Montant approprié en 1857	2000 00
	$2261 65
Montant payé	2261 65

J'ai dans tous mes précédents rapports donné de nombreux renseignements sur le terrain, les bois, etc., etc., que l'on trouve sur ce chemin qui conduit au lac le plus étendu et un des plus beaux des townships de l'est, le lac Mégantic.

Depuis quelque temps, j'ai attendu de jour en jour le dernier rapport de MM. Garneau et Coulombe. L'exactitude dont ils ont toujours fait preuve depuis qu'ils sont employés dans la conduite des travaux de colonisation me porte à croire que quelques circonstances imprévues ont pu être la cause de la non réception de leur rapport.

Dès que je l'aurai reçu, je ne manquerai pas de vous en faire parvenir une copie ou un extrait.

En référant à mon dernier rapport, on y voit que la longueur de ce chemin est de 37 milles, dont 31 étaient, en 1856, praticables pour les voitures d'été, et de plus, qu'un autre demi-mille avait été ouvert pour les voitures d'hiver. Il ne restait donc en 1856, que six milles à ouvrir pour rendre le chemin de Mégantic à son terme.

Le prochain rapport que me transmettront MM. Garneau et Coulombe dira ce qui a été fait de plus en 1857.

COMTÉS DE SHEFFORD, DRUMMOND ET BAGOT.

Montant de l'appropriation de 1855, pour aider à ouvrir un chemin depuis le dépôt de Durham jusqu'au chemin de Melbourne, dans Ely	$800

Ce chemin dont la confection demande l'action conjointe des conseils municipaux d'Acton, Ely et Durham, n'a pu être encore commencé par le défaut d'entente entre ces différents conseils.

COMTÉS DE STANSTEAD ET DE COMPTON.

GRAND CHEMIN DES TOWNSHIPS DE L'EST.

(*Main Eastern Townships Road.*)

Aucune appropriation n'a été faite en faveur de ce chemin. Cependant, R. Oughtred, écuier, arpenteur, a reçu instruction d'explorer les terrains et d'en tracer le prolongement.

Le rapport de son opération est maintenant dans les bureaux du département à Toronto.

COMTÉ DE MISSISQUOI.

Chemin de Brome.

Conducteur : H. BORIGHT.

Montant approprié en 1857... $4000 00

Montant payé.. 1170 27

Balance restant.............................. .... $2829 73

Ce chemin est tout entier dans le township de Brome. Il s'étend de West Brome à Knowlton. Sa longueur projetée est de six milles, dont trois ont été complétés en 1857.

Il coûte, terme moyen, à peu près $600 par mille. La confection de ce chemin a été donnée à l'entreprise, et l'hon. M. Knowlton, et Messrs. G. H. Sweet et Henry Boright sont surveillants conjoints de l'exécution des travaux qui s'y font. Mais M. Boright, dont la surveillance est plus immédiate et est continuelle, est le seul dont le temps et les troubles soient payés.

Ce chemin est érigé en voie publique par la municipalité. Le sol dans ses environs est bon et généralement couvert de bois franc ; le minerai de fer y est très commun, et les pouvoirs d'eau sont bons.

D'après le rapport qui m'est envoyé, il paraîtrait que le pin n'a jamais été commun dans Brome, mais que le terrain est très propre à la formation d'établissements ruraux.

La mouche à blé, qui a fait des dommages dans les vieilles terres, n'en a fait aucun dans les nouvelles.

La patate non plus n'a pas été endommagée sur les terres neuves.

APPENDICE

Du second rapport sur la colonisation des townships de l'Est.

CHAMBRE DE COMITÉ,

Mardi, 1er juillet 1851.

THOMAS FORTIER, écr., au fauteuil.

Thomas Boutillier, écuyer, un des membres du comité spécial, chargé de s'enquérir des causes qui empêchent ou retardent l'établissement des townships de l'Est, fut appelé devant le comité et examiné comme suit :

Avez-vous quelques suggestions à faire à ce comité, à l'égard de l'établissement des townships ? — Oui, je prendrai la liberté de suggérer au comité deux moyens, que je considère comme essentiels et indispensables, si l'on veut donner à l'établissement des townships (et c'est des townships de l'Est dont je parle plus particulièrement) une impulsion énergique et efficace.

Le premier de ces moyens est une taxe générale et annuelle de deux ou trois sous par acre de terre en superficie, destinée à l'ouverture des chemins.

Le second, un nouveau système de voierie pourvoyant au tracé, à l'ouverture et à l'entretien des chemins, et aussi à la collection de cette taxe et son emploi. Une taxe de trois sous par acre, produirait dans les townships de l'est, une somme d'environ £33,000. Je n'ai pas dans ce moment les calculs que j'ai faits sur l'étendue des chemins que l'on pourrait faire avec cette somme, mais chacun peut se convaincre qu'elle doit être très considérable. Comme à peu près les sept-huitièmes de cette somme seraient payés par des personnes ne résidant pas dans ces townships, il est facile de comprendre les avantages que retireraient les résidants de l'importation annuelle d'autant de capitaux employés au milieu d'eux.

A part l'étendue considérable de chemins que ces capitaux donneraient les moyens de faire annuellement, ils auraient encore l'effet de faire hausser le prix du travail dans les lieux où ils seraient employés, ainsi que la valeur des produits agricoles.

La taxe devrait être générale, c'est-à-dire, que les terres de la couronne et du clergé devraient y être soumises comme celles de tous particuliers. Je crois aussi que la taxe, d'ici à quelques années, devrait être imposée d'après la superficie du terrain et non d'après sa valeur, afin d'indemniser les colons actuels des sacrifices qu'ils ont dû faire, et des fatigues qu'ils ont endurées dans la formation de leurs établissements, et aussi, afin d'encourager, en ne les taxant pas, toutes personnes qui désireraient placer à l'avenir leurs capitaux en améliorations sur des terrains dans les townships.

Tous les chemins devraient être faits et entretenus en commun. Pour parvenir à ce but et être juste envers les colons actuels, il conviendrait de faire évaluer les chemins qu'ils ont déjà faits à leur propre compte, et qu'ils ne fussent tenus de payer qu'une faible partie de la taxe ou aucune partie quelconque d'icelle jusqu'à ce qu'on ait prélevé sur les autres propriétaires une somme égale et proportionnée à la valeur des chemins faits par les colons.

Pour démontrer au comité la facilité d'exécution du projet que j'ai mentionné, je prends la liberté de lui soumettre le sommaire d'un bill dans lequel j'indique ce qui devrait servir de base à un nouveau système de voierie.

Sommaire d'un bill de voierie pour les townships.

1. Le gouverneur nommera un grand-voyer pour les townships du Bas-Canada.

2. Le grand-voyer nommera un député-grand-voyer pour chaque district du Bas-Canada.

3. Le grand-voyer aura aussi le pouvoir de nommer des députés spéciaux.

4. Le grand-voyer aura un salaire annuel et n'aura droit à aucun émolument pour ses actes officiels. Il lui sera seulement alloué 2s. 6d. pour chaque lieue qu'il aura parcourue pour aller visiter les lieux et entendre les personnes intéressées, lorsqu'il en aura été requis par requête.

5. Ces émoluments lui seront payés à même le fonds destiné au chemin mentionné dans son procès-verbal ou par les requérants, s'il ne juge pas à propos d'ordonner les travaux demandés.

6. Les députés-grand-voyers et les députés spéciaux auront droit aux mêmes honoraires pour leur transport et de plus à £1 10s. pour le rapport qu'ils seront tenus de faire au grand-voyer.

7. Le grand-voyer aura seul le pouvoir, soit après avoir entendu les parties ou après avoir visité les lieux lui-même, ou après avoir reçu le rapport de son député, de dresser un procès-verbal.

8. Tout propriétaire désirant l'ouverture d'un chemin, etc., adressera sa requête au grand-voyer, ou à son député qui, l'un ou l'autre, devra procéder comme il est ci-après pourvu. Le député-grand-voyer devra, sans délai, informer le grand-voyer de l'objet de sa requête.

9. Le grand-voyer aura le droit de remplacer en tout temps et dans quelques opérations que ce soit, ses députés de district par des députés spéciaux et de prendre lui-même la conduite de toute opération, à quelque étage qu'elle soit parvenue sous le contrôle de ses députés de district ou spéciaux.

10. Le grand-voyer sera tenu d'agir lui-même à la réquisition du gouvernement et ne pourra dans ce cas se substituer de députés sans autorisation.

11. Le grand-voyer ou son député donnera avis de l'objet de l'ordre qu'il aura reçu du gouvernement, ou de la requête à lui présentée, dans les localités intéressées ainsi que de sa présence à tels lieux, jour et heure, pour y entendre les intéressés et visiter les lieux.

12. Après avoir entendu les parties, etc., le grand-voyer fera son procès-verbal, ou le député son rapport, suivant le cas, qui sera publié à la porte de l'église des paroisses intéressées; copie en sera laissée dans chaque paroisse ou township concernés, chez le notaire, ou le juge de paix, ou le capitaine de milice le plus à proximité, afin que chacun en puisse prendre connaissance. Avis sera donné de tel dépôt, la publication des avis relatifs aux procès-verbaux sera à la diligence des requérants ou autres personnes que désignera le grand-voyer.

13. Quinze jours après le dépôt du procès-verbal ou du rapport, le procès-verbal ou le rapport sera censé être agréé, s'il n'y a pas de signification d'opposition de faite au grand-voyer ou au député de district. Un seul propriétaire concerné dans le procès verbal ou le rapport aura le droit de faire opposition. Le député-grand-voyer devra donner avis de l'opposition au grand-voyer.

14. Le grand-voyer étant informé de l'opposition, devra, s'il persiste à maintenir son procès-verbal ou le rapport de son député, donner avis aux parties que son procès-verbal sera discuté au plus prochain terme de la cour du circuit judiciaire dans les limites duquel sont situées les propriétés concernées. Si le procès-verbal concerne des propriétés situées dans plusieurs districts judiciaires, le grand-voyer décidera et fera connaître dans quelle cour de circuit aura lieu la discussion, laquelle cour aura, par le présent projet, juridiction pour cet fin, mais n'aura pas le droit de changer la direction des chemins mentionnés aux procès-verbaux, *elle ne pourra qu'anéantir les procédés s'ils ne sont pas réguliers ou légaux.*

15. Il y a aura 1°. des chemins provinciaux, 2°. de comté, 3°. de township ou paroisse. Les chemins provinciaux seront ceux qui concerneront plus d'un comté. Les chemins de comté seront ceux qui comprendront plus d'une paroisse ou township ou plus d'une division municipale de paroisse ou township, et enfin, les chemins de paroisse ou township seront ceux qui ne s'étendront pas en dehors des limites d'une paroisse, d'un township ou d'une division municipale de paroisse ou township.

16. Les chemins provinciaux et de comté seront faits à même un fonds qui sera formé par une taxe annuelle de trois sous sur chaque arpent de terre en superficie, et avec le fonds destiné à la colonisation par la législature.

17. Les chemins de paroisses ou townships seront ouverts et entretenus par taxes ou corvées prélevées et ordonnées par l'autorité municipale.

18. La taxe de trois sous par acre en superficie ne sera prélevée que sur les townships de l'Est, et sera employée à la confection de chemins dans ces townships.

19. Dans toute autre partie de la province, divisée en townships le, grand-voyer ordonnera que la taxe pour la confection d'un chemin soit prélever de la manière qu'il croira le plus équitable.

20. Les municipalités entretiendront telles parties de tous chemins qui se trouveront dans leurs limites, par une taxe prélevée sur la municipalité.

21. Les taxes *pour l'entretien des chemins* seront prélevées, soit en travail ou en argent, mais toujours d'après la valeur de la propriété et en sus de celle que le grand-voyer aura ordonnée pour l'ouverture des chemins d'après la superficie.

22. Si les municipalités négligent de prélever les taxes pour l'entretien des chemins, les inspecteurs de la municipalité devront s'assembler d'eux-mêmes ou être assemblés par ordre du grand-voyer ou de son député, et ils auront pour cette fin tous les pouvoirs du conseil municipal. La majorité des sous-voyers d'une paroisse, township ou de division d'inspecteurs formera un quorum, et l'inspecteur présidera et votera dans le cas de division égale entre les sous-voyers.

23. S'il n'y avait pas d'inspecteurs ou de sous-voyers de nommés dans ces localités par la municipalité, le grand-voyer en nommera.

24. Pénalités contre les secrétaires municipaux, inspecteurs ou sous-voyers pour toute négligence et désobéissance aux ordres du grand-voyer et de son député et pour refus de se conformer à la loi, etc.

25. Les terrains arpentés de la couronne et du clergé seront, pour l'entretien des chemins, sujets aux mêmes charges qui seront imposées sur toute autre propriété.

26. Tout contribuable pour l'ouverture des chemins devra avoir payé ses taxes, avant le 15 de mai, à l'inspecteur de sa division, et du 15 au 30 du même mois, chaque inspecteur devra faire, entre les mains du grand voyer ou de son député le versement de ces recettes, lui fournir par écrit la désignation des terrains dont les taxes n'auront pas été payées, et lui transmettre aussi, s'il les connaît, les noms des propriétaires de ces terrains.

27. Après l'époque où les taxes seront devenues dues, et sur le rapport du grand voyer, basé sur les retours des inspecteurs, le gouvernement versera entre les mains du grand voyer, pour être employé suivant les procès verbaux, le montant des taxes qui n'auront pas été payées, et le gouvernement dès ce moment prendra possession des terrains dont les propriétaires auront ainsi négligé de payer les taxes.

28. Les municipalités dans les cas de chemins municipaux auront les mêmes obligations et priviléges que le gouvernement, en vertu de la clause précédente.

29. Avis dans les papiers publics de la saisie de tels terrains.

30. Dans les deux années qui suivront cet avis, les ex-propriétaires pourront recouvrer les terrains en remboursant toutes taxes, frais, etc., avec intérêt de douze par cent.

31. Le gouvernement par son grand-voyer ou autre délégué, la municipalité par son secrétaire, auront le droit en tout temps de poursuivre les propriétaires pour le paiement des taxes, frais et intérêts dans l'intervalle de ces deux années.

32. A l'expiration des deux années le grand voyer, dans le cas de chemins provinciaux et de comté, sur l'ordre du gouvernement, et après avis dans les papiers publics, fera vendre à l'enchère les terrains saisis.

33. Le secrétaire municipal en fera autant par ordre du conseil municipal, dans le cas des chemins de paroisses ou townships.

34. Les taxes, intérêt, etc., étant pris sur le prix de vente, le surplus s'il y en a, restera, dans le cas des chemins provinciaux et de comté, entre les mains du gouvernement, et dans le cas des chemins de paroisses ou townships, entre les mains du secrétaire municipal, jusqu'à ce qu'il soit légalement réclamé.

35. Avis dans les papiers publics du dépôt de ce surplus et du nom de l'ex-propriétaire, s'il est connu, avec désignation du terrain.

36. Tout propriétaire sera tenu de clore son terrain à ses propres frais sur un chemin public seulement, communément appelé chemin de front, et ce dans une proportion qui ne devra pas excéder de plus d'un quart la largeur du terrain qui se trouve entre les deux lignes latérales de son terrain, à angle droit.

37. Dans tout autre cas le propriétaire qui se trouvera le voisin d'un chemin public aura le droit d'exiger des travaux mitoyens de la municipalité, suivant les lois et usages actuels. Le grand-voyer, ou son député ou son délégué décidera, d'après la nature du terrain et autres circonstances, les proportions du travail qu'il convient d'assigner au propriétaire et à la municipalité, et de la localisation de ce travail, s'il y a désaccord entre les intéressés.

38. Le grand-voyer ou son député, s'il en a l'autorisation du grand-voyer, aura le droit d'employer un arpenteur pour l'examen des lieux et la vérification des lignes de township ou paroisse et des lots de terre.

Le grand-voyer ou son député décidera de la largeur que devront avoir les chemins, soit dans quelques-unes de leur parties ou dans toute leur étendue. Les conseils municipaux auront le même droit dans le cas de chemins de paroisse ou de township, etc.

40. Le grand-voyer aura le droit de faire prendre tous les matériaux nécessaires pour la confection des chemins, partout ou ils se trouveront, et en en payant la valeur ; seront exceptés tout les matériaux qui auront commencé à être utilisés par le propriétaire, ainsi que les érables, plaines et autres arbres plantés ou réservés pour ornement ou utilité évidente.

41. Le grand-voyer ordonnera, dans son procès verbal, généralement tout ce qui sera nécessaire pour la confection des chemins et la sûreté des voyageurs.

42. Dans aucun cas le grand-voyer ne pourra recevoir, pour son transport, quelque soit la distance qu'il ait à parcourir, plus de £12 10s. 0d., à moins que le gouvernement ne lui ordonne de procéder lui-même ou à moins qu'il ne soit requis de le faire par au moins dix propriétaires intéressés.

43. Le grand-voyer fixera le temps où les chemins seront commencés et finis ; il ordonnera qu'ils soient faits à la journée ou par contrat, et quelle étendue devra être faite dans un temps donné ; il nommera des surveillants dans l'occasion ; il aura le droit d'exiger l'assistance des officiers municipaux, inspecteurs ou sous-voyers pour faire faire les criées, passer contrat, etc. Tout contrat ou adjudication, cependant, n'aura de force qu'après l'approbation du grand-voyer.

44. Pour l'entretien des chemins, les terres de la couronne ou du clergé seront évaluées et l'évaluation sera transmise au commissaire des terres. S'il la trouve trop élevée, il y aura arbitrage.

45. Les terrains qui ont déjà contribué à l'ouverture de quelque chemin ne seront taxés pour l'ouverture de nouveaux chemins que du tiers seulement de la taxe qui sera prélevée pour cet objet, et ce, jusqu'à ce que la valeur de leurs travaux antérieurs leur ait été remise par l'exemption des deux tiers de la taxe, mais ils contribueront au fonds commun qui sera prélevé pour l'entretien des chemins, comme tout autre propriétaire. Les conseils municipaux feront faire l'évaluation de ces travaux, laquelle évaluation sera soumise au grand-voyer. Il y aura arbitrage si le grand-voyer ne la trouve pas équitable.

46. Le passage des rivières guéables et les traverses sur les glaces seront établies par un procès-verbal du grand-voyer, comme l'ouverture d'un chemin.

47. Les conseils municipaux et, à leur défaut, l'inspecteur et sous-voyer, auront le droit d'établir des chemins sur les glaces, et autres chemins communément appelés chemins d'hiver.

48. Les traverses à gué, les traverses et autres chemins sur les glaces seront balisés, mais les chemins sur terre ne seront balisés que lorsque le grand-voyer ou le conseil municipal le croira nécessaire.

49. Les dommages causés par le mauvais état des chemins seront payables par la municipalité.

50. Les dommages causés à un propriétaire pour l'ouverture, le changement ou l'abolition d'un chemin seront payables à dire d'expert, à même le fonds destiné pour tel chemin.

51. Le mot chemin comprendra tout chemin, pont, clôture, fossé, décharge, garde-corps et tout ce qui sera considéré comme nécessaire pour tenir les voies publiques en bon état et sûres pour le voyageur.

52. Par avis public dans les localités intéressées ou concernées, sera entendu avis public donné verbalement et par écrit affiché à la porte des églises ou autres lieux publics de toutes les localités dans les limites desquelles se trouveront situés des terrains dont les propriétaires seront concernés dans un procès-verbal du grand-voyer.

BUREAU DE L'INSPECTEUR DES AGENCES,

St. Hyacinthe, 21 mars 1856.

MONSIEUR, — En réponse à votre lettre du 23 février dernier, dans laquelle vous exprimez le désir de savoir ce que pensent les cultivateurs des obligations qui, sous le titre de *Settlement Duties*, sont imposées aux colons qui achètent du gouvernement des terres dans les townships ; j'ai l'honneur de vous dire qu'ils regardent généralement ces obligations comme *très onéreuses et propres à empêcher beaucoup de colons de s'établir dans les townships.*

Ils croient que le défrichement annuel, pendant cinq ans, de cinq acres par 100, et l'obligation de bâtir immédiatement une maison de 18 pieds sur 26, sur leur terrain, et de l'occuper immédiatement et sans interruption, exigent des moyens pécuniaires que n'ont pas le plus grand nombre de ceux qui désirent former des établissements dans les townships. Ils croient aussi qu'il ne devrait y avoir aucune réserve de bois sur les terres que le gouvernement vend aux colons.

Le défrichement annuel de cinq acres de terre sur cent, pendant cinq années consécutives et l'occupation immédiate et non interrompue du lot acquis, n'est pas certainement propre à arrêter l'émigration aux Etats-Unis.

Il est connu que ceux qui, en général, émigrent aux Etats-Unis, n'y vont que parce qu'ils sont sans autres moyens d'existence que celui de travailler pour autrui ; or il doit être bien évident que ce ne peut être cette classe d'individus qui pourra aller dans les bois faire des défrichements, bâtir une maison, et ensemencer ses terres sans avoir le privilège d'aller gagner ailleurs de quoi s'alimenter pour faire ces premiers travaux. Il devrait être permis à toute personne de choisir et prendre un lot, pourvu qu'elle réponde à tous travaux publics et mitoyens, d'aller où elle croirait convenable pour gagner sa vie et faire des épargnes qu'elle placerait ensuite en améliorations sur son lot. Les colons ont raison de dire que le gouvernement ne devrait faire aucune réserve de bois sur les terres qui leur sont vendues.

Ces réserves ne sont faites que dans l'intention de vendre des bois de service à des spéculateurs, ou parce que ces bois leur ont déjà été vendus. L'intérêt public, comme l'intérêt individuel des colons, proscrivent ces réserves qui, dans les townships seront la cause, comme elles l'ont été dans les seigneuries, d'une destruction immédiate des meilleurs bois de service. Lorsque le propriétaire du terrain n'est pas le propriétaire du bois, il n'a aucun intérêt à le conserver. Il le détruira même pour la plus légère considération, parce qu'il a conviction que d'un jour à l'autre ce bois peut être enlevé par une autre personne. Dans les townships de l'Est les bois de construction sont déjà rares, et indubitablement le temps est arrivé où le gouvernement doit penser à en encourager la conservation.

Si la population continue à se porter dans les townships autant qu'il y a lieu de l'espérer maintenant, il est très probable qu'en plusieurs localités on aura avant longtemps à souffrir de graves inconvénients par le manque des bois de service. De l'encouragement donné à la manufacture des alcalis aurait un excellent effet dans les townships où abondent les bois francs. La manufacture de ces sels fournirait au colon des moyens de vivre en défrichant sa terre et en augmentant tous les ans sa culture. Et s'il était le propriétaire de tous les bois qui sont sur sa terre, l'encouragement donné à la manufacture de la potasse l'engagerait à exploiter ses bois de construction qu'il importe tant de conserver et qui cependant sont jetés dans le commerce pour un bien faible prix. La manufacture des alcalis a encore un avantage très important en ce qu'elle procure au colon de l'ouvrage sur son propre terrain pour lui et ses enfants. Elle le tient chez lui à surveiller sa famille, ses travaux agricoles et le met à l'abri du besoin d'aller travailler dans les chantiers, où le plus souvent l'engagé se démoralise et en revient pauvre comme au jour du départ.

Voici, outre les prix et termes de paiement pour le terrain, à quoi devraient se réduire, il me semble, les conditions de la vente faite au colon.

1º A l'avenir le colon ne devrait être obligé de répondre qu'aux travaux publics et mitoyens et sujet à perdre son billet ou droit de *location*, sur preuve du fait qu'il a omis de s'acquitter de ses devoirs.

2º Il devrait avoir droit, en tout temps (*le prix de vente étant payé*) à une patente pour son terrain, lorsqu'il aura fait sur un lot de 200 acres des améliorations valant £100, et sur un lot de 100 acres et au-dessous des améliorations valant £50.

3º Tant que le colon n'aura pas obtenu sa patente, il ne devrait pouvoir disposer de son terrain sans une autorisation du commissaire des terres.

J'ai, etc.,

(Signé,)   T. BOUTILLIER,

L'hon. Jos. Cauchon,   Inspecteur des agences.
    Commissaire des terres,
    Etc., etc., etc.,
        Toronto.